Diogenes Taschenbuch 23055

de
te
be

Friedrich Dürrenmatt

Werkausgabe
in siebenunddreißig
Bänden

Band 15

FRIEDRICH DÜRRENMATT wurde 1921 in Konolfingen bei Bern als Sohn eines Pfarrers geboren. Er studierte Philosophie in Bern und Zürich und lebte als Dramatiker, Erzähler, Essayist, Zeichner und Maler in Neuchâtel. Friedrich Dürrenmatt starb 1990 in Neuchâtel.

Friedrich Dürrenmatt

Die Frist

Eine Komödie
Neufassung 1980

Diogenes

Die Werkausgabe in siebenunddreißig Bänden basiert auf der zu Dürrenmatts 60. Geburtstag erschienenen und von ihm in Zusammenarbeit mit Thomas Bodmer herausgegebenen Werkausgabe in neunundzwanzig Bänden 1980. Diese wurde durch die seit 1981 bis zu Dürrenmatts Tod 1990 in Buchform erschienenen bzw. von ihm noch für die Publikation vorbereiteten Einzelbände analog und innerhalb der Gattungen chronologisch fortgeführt sowie um die seit 1991 in Buchform erschienenen Werke aus dem Nachlaß ergänzt. Das 17 Bände umfassende dramatische Werk der Werkausgabe 1980 wurde um einen 18. Band ergänzt, das 12 Bände umfassende erzählerische und essayistische Werk der Werkausgabe 1980 um 5 Bände erzählerische Prosa (Bände 25 bis 29) sowie um einen Band Essays (Band 36) und einen Nachlaßband (Band 37). Sämtliche Bände wurden für diese Ausgabe durchgesehen. Druckfehler wurden stillschweigend korrigiert, sonstige Veränderungen nachgewiesen. Nach Möglichkeit wurden die schon in der Werkausgabe 1980 erschienenen Bände seitengleich übernommen.
Nachweis zur Publikations- und Aufführungsgeschichte sowie zur Textgrundlage von Ulrich Weber und Anna von Planta am Schluß des Bandes.
Covermotiv: Gemälde von Luc Tuymans, ›Die Zeit‹, 1988, Oil on cardboard; quadriptych 34,6 x 36,9 cm, 36,5 x 35,1 cm, 31,4 x 36,9 cm, 34,6 x 35,1 cm

www.diogenes.ch
LM/20/852/5
ISBN 978 3 257 23055 0

Inhalt

Allgemeine Anmerkung zu der Endfassung 1980 meiner Komödien

Es ging mir, im Gegensatz zu den verschiedenen Fassungen, die vorher einzeln im Arche-Verlag erschienen sind, bei den Fassungen für die Werkausgabe nicht darum, die theatergerechten, das heißt die gestrichenen Fassungen herauszugeben, sondern die literarisch gültigen. Literatur und Theater sind zwei verschiedene Welten: Außer den Komödien, die ich nur für die Theater schrieb, *Play Strindberg* und *Porträt eines Planeten*, die Übungsstücke für Schauspieler darstellen und die ich als Regisseur schrieb, gebe ich im Folgenden – die ersten Stücke tastete ich nicht an – die dichterische Fassung wieder, eine Zusammenfassung verschiedener Versionen.

F. D.

Die Frist

Eine Komödie
Neufassung 1980

Personen

Die Politiker
Exzellenz
Möller
Hoheit, Herzogin von Saltovenia
Herzog von Saltovenia, ihr Gatte
Silvia, Prinzessin von Saltovenia
Herzogin von Valdopolo
Herzog von Valdopolo
Kardinal
Erzbischof

Die Ärzte
Goldbaum
Arkanoff
Legrais
Goethel
Gnägelmann

Die Unsterblichen
Rosa
Rosarosa
Rosabella
Rosablanca
Rosanegra
Rosalaura
Rosaflora
Rosaberta
Rosagrande

Die Übrigen
Sebulon
Ein Student
Nostromanni
Bauer Toto
John
James
Gouvernante

Stumme Rollen
Diener
Strichjunge
Chorknabe
Gouvernanten
Soldaten
Fernsehleute
Ärzte
Krankenschwestern

Geschrieben 1975/76
Uraufführung im Kino Corso, der Ausweichbühne des Schauspielhauses Zürich, am 6. Oktober 1977

Erster Teil

Da es nach der Meinung des Aristoteles nicht die Aufgabe des Dramatikers ist, zu erzählen, was sich wirklich zugetragen hat, wie es die Geschichtsschreiber tun, sondern was sich hätte zutragen können, gerate ich, was den Schauplatz und die Zeit der zwar möglichen, aber nicht wirklichen Handlung betrifft, die ich im Folgenden darzustellen versuche, in eine Verlegenheit: Läßt sich doch von diesem Schauplatz eigentlich nur sagen, er sei der mögliche ehemalige Thronsaal eines möglichen ehemaligen Königspalastes in der möglichen Hauptstadt eines möglichen Landes, und von dieser Zeit, sie sei die einer möglichen Gegenwart. Wenig genug, genug für die Bühne; denn diese rückt jede Möglichkeit in ihre Wirklichkeit, gleichgültig darüber, ob nun diese Möglichkeit je wirklich werden könnte oder nicht. Für die Bühne, nicht für die Wirklichkeit, ist alles wirklich. Wer für die Bühne und für die Wirklichkeit die gleiche Wirklichkeit verlangt, wie die heutigen Bühnenideologen etwa, begreift weder Bühne noch Wirklichkeit. Er verwechselt die Wirklichkeit mit der Dramaturgie, indem er diese der Wirklichkeit und der Bühne gleichermaßen unterschiebt. Was die Bühne und die Wirklichkeit wirklich gemeinsam haben, und weshalb jene diese immer wieder auf ihre Bretter zu bringen sucht, liegt in der Unwirklichkeit beider. Immer verzweifelter versucht die Bühne, mit der Unwirklichkeit der heutigen Wirklichkeit Schritt zu halten. Was die

Bühne auch an Unwirklichkeiten erfindet, die Wirklichkeit überholt sie. Dieser Wettstreit brachte denn auch das folgende Stück hervor. Seine Motive entstammen der Unwirklichkeit, in der sich die Wirklichkeit verliert. Daß man dieser nur noch mit der Komödie beikomme, behauptete ich immer: mit etwas Synthetischem und nicht mit Analytischem, und allein die Komödie ist synthetisch. Im vorliegenden Falle aus Eindrücken zusammengeträumt, die mir die Gegenwart aufdrängte: das langsame Sterben eines Diktators, umgeben von dreißig Ärzten, der Versuch eines amerikanischen Außenministers, im Stile Metternichs Politik zu treiben, der einsame Kampf eines Wissenschaftlers, mit dem Friedensnobelpreis ausgezeichnet, gegen ein intolerantes Machtimperium: eine Auseinandersetzung, die jeden angeht, der Macht kritisiert, nicht nur der Frage wegen, ob man in einer solchen Lage auch bestehen würde, mehr noch deswegen, weil sich das Machtproblem vor allem für den Ohnmächtigen so ganz anders stellt als für den Mächtigen. Aber noch andere Motive dienten der Synthese als Prämissen: die Assoziationen, die sich einem bei gewissen Methoden der Medizin einstellen; das – trotz oder wegen der heutigen Emanzipation der Frau – immer tiefere Auseinanderklaffen der Geschlechter, welches der Männerwelt eine dieser feindlich gesinnte Frauenwelt gegenüberstellt, usw. Aus solchen Bezügen und aus noch anderen baut sich meine Komödie und bauten sich meine Komödien auf, denn ich ging im Grunde nie anders vor, auch wo ich von Geschichten ausging. Auch sie waren synthetisch. Unabhängig von den Kompositionsarten, die ich anwende, stellte und stelle ich auf dem Theater immer wieder das gleiche dar: Bühnenwirklichkeiten, im Vertrauen darauf, daß es diesen – auch wenn sie möchten – nie gelingt, aus der Wirklichkeit ins Leere zu fallen. Daß eine gewisse Kritik dieses Vertrauen nicht mit mir teilt, mag mein Pech sein. Aber ihre Methode, ihre Analyse der Wirklichkeit, die nicht die meine ist, auch bei meiner Theaterwirklichkeit zu suchen und dann zu vermissen, was ich nicht hineingelegt habe, ist ihr Pech: daß sie dann behauptet, mein Theater sei irrelevant, macht sie irrelevant. Was ich hineinlege, ist insofern Nebensache, als zum Verständnis meiner Bühnenwelten keine Philosophie nötig ist, auch wenn sich eine solche in ihr versteckt; nötig ist freilich jene Einbildungskraft, die jedem Zuschauer – sei er nun ein nachdenklicher oder ein bloß genießender – immer noch zugetraut werden darf: die Phantasie, auf der Bühne die Wirklichkeit zu entdecken. Dieses ist freilich nur möglich, wenn man mich richtig spielt. Ich bringe den Stil, man braucht ihn nicht zu spielen. Man inszeniere mich auf die Natur hin. Von der Charge weg! Nichts schadet meinen Komödien, die als bewußte Bühnenwirklichkeiten an sich verfremdet sind, mehr, als sie durch die Inszenierung noch einmal zu verfremden. Meine Stücke brauchen nicht unterstrichen zu werden. Das Gerede über meine verknappten Dialoge oder darüber, daß ich keine Menschen auf die Bühne stelle, verrät bloß die Unfähigkeit, mich zu lesen und zu spielen: Man lese und spiele mich so, daß Menschen in der Einbildungskraft entstehen und Menschen auf der Bühne sind, und so, daß meine Dialoge, ohne daß ein Jota an ihnen geändert wird, nicht mehr verknappt wirken. Ein Theaterstück zu lesen ist ebenso eine Kunst wie die, es zu inszenieren. Daß freilich mein Theater wieder Regisseure und Schauspieler und nicht Stilisten voraussetzt, ist eine andere Sache. Leider haben gerade diese mir das Theater verleidet, so daß ich wohl immer mehr – und für immer – für eine imaginäre Bühne zu schreiben beginne: für das Theater meiner Einbildungskraft. Daß diese bisweilen jene auf eine harte Probe stellt, die es dennoch zu verwirklichen trachten, sei zugegeben, besonders in diesem Fall, der nun vorliegt: Denn was soll ein Bühnenbildner etwa mit der Vorstellung machen, die ich vom Thronsaal habe, in welchem sich die Handlung abspielt? Ist doch der düstere, verwinkelte Raum, den ich mir denke, das sinnlose Durcheinander von Riesengewölben, einem der unermeßlichen Verliese Piranesis nicht unähnlich, ein Thronsaal, den der Generalissimus, als er vor vierzig Jahren nach einem endlosen Bürgerkrieg die Monarchie auflöste, in sein Arbeitszimmer umwandelte, sei es aus purer Rücksichtslosigkeit, sei es aus bewußter Bosheit der Tradition gegenüber, sei es aus Gedankenlosigkeit. Ein Unternehmen jedenfalls, das den Raum noch bizarrer machte, als er es ohnehin war. Im Hintergrund noch Thronsaalüberreste. Stufen führen zu einem gotischen, halb zerfressenen, verwitterten Sandsteinthron. An den Wänden und an den Decken (insofern sie überhaupt sichtbar sind) gewaltige Fresken von einer finsteren Wildheit: Kronos Uranus entmannend, Kronos seine Kinder fressend, Kronos seine Kinder wieder herauswürgend, Sisyphos den ungeheuren Fels wälzend, Prometheus von den Adlern zerfleischt, Prokrustes einem Gast die Beine abhackend, Pityokamptes einen Reisenden durch niedergebogene und zurückschnellende Tannen zerreißend, Medea ihre Kinder schlachtend, Ödipus sich blendend usw., alles eingedunkelt, nur noch ahnbar. Dazwischen immer wieder Heilande, Heilige und Selige, auch diese gekreuzigt, gemartert, gerädert, aufgespießt, gevierteilt, beinahe ebenso unkenntlich wie die geplagten Götter, Halbgötter und Heiden. In diesem blutrünstigen Raum – stelle ich mir vor –, in welchem eine offenbar ebenso blutrünstige Dynastie jahrhundertelang regierte oder sich regieren ließ, wahrscheinlich unbeweglich, steril, verkrüppelt, debil und bigott, nehmen sich die Utensilien des Usurpators höchst seltsam aus. Die Möbel sind sicher äußerst kostbar, die er hineinstellen ließ, doch wirken sie wie zusammengestohlen, was sie wahrscheinlich auch sind. Der riesige Schreibtisch vorn rechts mit der Telefonanlage paßt ebensowenig zum Stuhl dahinter wie zum Kanapee in der Mitte mit dem zierlichen Tisch davor. Das gleiche gilt von den Sesseln usw. Die Couch im Hintergrund links ist von einem Paravent verdeckt. Ausgänge: an jeder Seitenwand zwei. Erleuchtet wird der Raum von einem gewaltigen Lüster, an welchem immer wieder Glühbirnen platzen, so daß sich das Ende des ersten Teils beim Licht nur noch zweier Glühbirnen in fast völliger Dunkelheit abspielt. Diesen Riesenraum, im Film möglich, kann ich mir auf der Bühne eigentlich nur fragmentarisch, andeutungsweise vorstellen: eine tiefe Bühne mit gespenstischen Hänge- und Setzstücken, sich in Dunkelheiten und Schlagschatten verlierend und doch als ein geschlossener Raum wirkend: Weil ich mir Theater so gar nicht im Freien vorstellen kann und weil sich doch das dramatisch Entscheidende im menschlichen Innenraum abspielt, neige ich zu abgeschlossenen Räumen; das Epische dagegen braucht Landschaft, Weite, Wüsten, Meere. So sollte sich denn endlich der Vorhang teilen. Ich zögere, so sehr sträubt sich in mir die Vorstellung, er könnte je real werden, er und die Bühne, die er noch verdeckt, die – im Gegensatz zum geschriebenen Text – keine Korrektur mehr möglich macht. Ist sie doch auf eine rätselhafte Weise abhängig von den regielichen Anmerkungen. Diese entstehen zwar nur aus der ungefähren Vorstellung heraus, die das Schreiben mit sich bringt, aber sie wirken fort, manchmal als Störfaktor, und sei es auch so, daß ich jedes meiner Stücke spiegelverkehrt sah; rechts *oder* links *sind bei mir vom Zuschauer aus gedacht. Doch geht der Vorhang endlich auseinander (oder in die Höhe), kristallisiert sich die erste Szene nur allmählich heraus, stelle ich mir vor, weil es einige Zeit braucht, bis das Publikum das Bühnenbild realisieren wird. Zuvor wird es wohl Rosalaura bemerken, ururalt, die hinter dem Schreibtisch des Generalissimus sitzt und etwas auf ein Papier kritzelt; ferner Rosabella, uralt, die unbeweglich vorne links lauscht; beide gekleidet wie die Damen der Familie Karls IV. auf dem Bilde Goyas. Endlich entdeckt der Zuschauer, daß auf dem verwitterten Thronsessel ein urururaltes Weib sitzt, Rosagrande, gekleidet wie die Königin auf Goyas Bild, nur unsäglich zerschlissen, mit Stock. Rosabella gibt ein Zeichen, geht nach hinten links unwahrscheinlich flink, die beiden anderen unwirklichen Vetteln watscheln ihr fett und riesenhaft nach, alle durch die Tür links hinten ab. Einen Augenblick ist die Szene leer, dann erscheint langsam von links vorne Arkanoff im modernen Arztkittel, Stethoskop, Stirnspiegel usw., setzt sich, wischt sich den Schweiß ab. Aus dem Hintergrund rechts kommt Exzellenz, bleibt beim Thronsessel stehen, schnuppert, schaut vor sich hin. (Während immer wieder, irgendwo hinten, das ganze Stück hindurch, bald eine, bald mehrere der alten Vetteln hineingrinsen, vorüberhuschen, davongescheucht werden usw.)*

ARKANOFF Heiß.

Wischt sich immer noch den Schweiß ab. Exzellenz wirft ihm nicht einmal einen Blick zu.

EXZELLENZ Erträglich.
ARKANOFF Entsetzlich.
EXZELLENZ Das finden Sie nur, weil Sie in Sibirien geboren sind. Wo denn?
ARKANOFF Archangelsk, Exzellenz. Nach einem Kloster des Erzengels benannt.
EXZELLENZ Paßt zu Ihnen. *Setzt sich hinter den Schreibtisch.* Zigarette, Arkanoff?
ARKANOFF Nichtraucher.
EXZELLENZ Müde?
ARKANOFF Mehr als vierundzwanzig Stunden auf den Beinen, Exzellenz.
EXZELLENZ Wer das Schicksal des Vaterlandes trägt, bekommt Riesenkräfte. *Raucht.* Warten Sie nur ab, Arkanoff.
ARKANOFF Ich benötige sie bitter.
EXZELLENZ Das Diner beim französischen Botschafter war immens. Es mußte durchgestanden werden. Meine Abwesenheit hätte wilde Gerüchte entfacht. *Raucht.* Sein Zustand?
ARKANOFF Hoffnungslos.
EXZELLENZ Hoffnungslos ist keine Vokabel. *Raucht.*
ARKANOFF Exzellenz, ich glaube nicht mehr daran.
EXZELLENZ Woran?
ARKANOFF An die Intensivstation.
EXZELLENZ Sie ist eingerichtet.
ARKANOFF Der Generalissimus ist nicht zu retten.

EXZELLENZ Sie wiederholen sich, Arkanoff, Sie langweilen mich, Arkanoff.

ARKANOFF Die Wahrheit –

EXZELLENZ Interessiert mich nicht. *Nimmt das Blatt Papier vom Schreibtisch.*

ARKANOFF Die Unsterblichen?

EXZELLENZ Hoffen auf Weltuntergänge. Beim Thron Lavendelgeruch. Rosagrande war hier. Und Rosalaura. Arkanoff, dieser Palast ist scheußlich. Jahrhunderte herrschten hier Majestäten, bösartig und vertrottelt, und vor vierzig Jahren zog die Sippe des Generalissimus ein, eine noch giftigere Brut. Klapperschlangen, Arkanoff, Klapperschlangen. *Liest.* Stirb und verwese. Stirb und verwese. Ein Blatt vollgekritzelt. *Knüllt das Papier zusammen.*

ARKANOFF Sie hassen ihn.

EXZELLENZ Sie hassen alle Männer. *Wirft das Papier hinter sich.*

Telefon.

EXZELLENZ Nehmen Sie ab.

Arkanoff gehorcht.

ARKANOFF Beim Generalissimus. Nein, Herr Graf. Gewiß, Herr Graf. *Reicht den Hörer hinüber.* Exzellenz, der Außenminister.

Exzellenz nimmt den Hörer.

EXZELLENZ Mein guter Graf. Ganz recht, es ist drei Uhr

nachts. Unsinn, das Urteil wird im Morgengrauen vollstreckt. Weiß, weiß, der Papst ist auch dagegen. Der Generalissimus? Wie immer ein Nachtmensch, nicht umzubringen. Eine Audienz? Jetzt? Fordern Sie? Ihr Recht? Als Graf? Na ja, wird den Generalissimus belustigen. Rufe zurück. *Legt auf.* Was machen wir?

ARKANOFF Ich weiß nicht, Exzellenz.

EXZELLENZ Hat Sie der Außenminister an der Stimme erkannt, Arkanoff?

ARKANOFF Leider, Exzellenz. Der Zustand des Generalissimus wird sich nicht lange verheimlichen lassen.

EXZELLENZ Arkanoff, in drei Tagen präsentieren Sie mir den Generalissimus einigermaßen lebendig.

Telefon. Arkanoff zögert. Ungeduldige Handbewegung Seiner Exzellenz.

ARKANOFF Beim Generalissimus. *Reicht den Hörer hinüber.* Der Justizminister.

EXZELLENZ Hat er Sie auch erkannt?

ARKANOFF Auch.

Exzellenz nimmt den Hörer.

EXZELLENZ Das Urteil wird vollstreckt. *Legt auf.* Vor zwei Tagen im Fernsehen, Arkanoff, lehnte der Justizminister die Begnadigung der sechs Terroristen ab, schnoddrig, eine Zigarette im Mundwinkel, und jetzt möchte er das Urteil aufheben. *Wählt.* Mein lieber Außenminister, ich sprach eben mit dem Generalissimus. Er ist bereit, Ihnen die Audienz in – na ja, Graf, fragen Sie noch einmal in drei Wochen an. *Legt auf.*

Der Adel dieses Landes ist ein Pack. Wissen Sie, was mein Vater war, Arkanoff?

ARKANOFF Nein.

EXZELLENZ Mathematiker an der Hofschule. Daneben stellte er dem König und dem Adel die Horoskope. Das taten auch mein Großvater und Urgroßvater und so weiter. Sie sehen, Arkanoff, ich bin am Niedergang dieses Landes maßgeblich beteiligt. *Raucht.* Aber statt Mathematiker zu werden, studierte ich politische Wissenschaften. Wissen Sie, womit ich mein Studium verdient habe, Arkanoff? *Drückt die Zigarette aus.* Als Rechenkünstler im Kabarett.

Legrais kommt von vorne links.
In Panik.

LEGRAIS Magenblutung.

ARKANOFF Darauf war ich nicht gefaßt.

LEGRAIS Er ist uns fast erstickt.

EXZELLENZ Stellen Sie sich erst mal vor.

LEGRAIS Professor Fernand Legrais, Exzellenz.

EXZELLENZ Meine Herren, Ihre unappetitlichen Diskussionen setzen Sie wohl am besten in der Intensivstation fort.

LEGRAIS Exzellenz. *Verneigt sich. Vorne links ab.*

Arkanoff zögert.

EXZELLENZ Nun, Arkanoff? Knien Sie sich mal rein.

ARKANOFF Der Generalissimus stirbt.

EXZELLENZ Wieder einmal.

ARKANOFF Wir sollten eine Magenresektion vornehmen.

EXZELLENZ Nehmen Sie vor.
ARKANOFF Sein Herz ist der Operation nicht gewachsen.
EXZELLENZ Sie sind ihr nicht gewachsen, Arkanoff.
ARKANOFF Eine Kapazität muß her.
EXZELLENZ Schlagen Sie vor.
ARKANOFF Ich denke an Gnägelmann aus Zürich oder an Goethel aus Berlin.
EXZELLENZ Ich an Goldbaum.

Arkanoff schweigt.

EXZELLENZ An den Nobelpreisträger.
ARKANOFF Er würde die Intensivstation nicht billigen, Exzellenz.
EXZELLENZ Sie billigen sie ja auch nicht.
ARKANOFF Gnägelmann würde sie begrüßen, Goethel bejubeln.
EXZELLENZ Überstürzen Sie nichts, Arkanoff. Stürzen Sie sich auf Ihren Patienten. Kommt Zeit, kommt Rat.
ARKANOFF Exzellenz, ich operiere nicht.
EXZELLENZ Abwarten, Arkanoff, abwarten.

Arkanoff vorne links ab.
Exzellenz telefoniert.

EXZELLENZ John, ich hoffe, die Hesperiden wurden nicht vergessen. Der Student kann jetzt vorgelassen werden. *Legt auf.*

Von hinten rechts der Student. Zögert, räuspert sich.

STUDENT Exzellenz?

EXZELLENZ Wie alt?
STUDENT Zwanzig.
EXZELLENZ Student der Physik. Sie stellten dem Unterrichtsministerium den Antrag, Ihnen ein Stipendium für die Vereinigten Staaten zu gewähren.
STUDENT Ich möchte Kosmologe werden.
EXZELLENZ Auf die Philosophie umsteigen?
STUDENT Kosmologie ist heute eine Wissenschaft.
EXZELLENZ Mir neu.
STUDENT Sie untersucht die Struktur und das Ende des Weltalls.
EXZELLENZ Hm. Die Entstehung auch?
STUDENT Ebenfalls.
EXZELLENZ Pure Spekulation.
STUDENT Durchaus nicht. Sie schließt aus Fakten, die festzustellen sind, auf Fakten, die nicht mehr festzustellen sind.
EXZELLENZ Von Theorien schließen Sie auf Hypothesen. Faszinierend. Und warum sind Ihre kosmologischen Studien nicht in unserem schönen Lande zu betreiben?
STUDENT In diesem Lande treibt man keine Studien, Exzellenz.
EXZELLENZ Des Staates wegen?

Der Student schweigt.

EXZELLENZ Antworten Sie.

Der Student schweigt.
Irgendwo lauert eine Unsterbliche.

STUDENT Er ist ein verächtlicher Staat.

EXZELLENZ Verachten Sie auch mich?

STUDENT Vor allem Sie.

EXZELLENZ Weshalb?

STUDENT Ohne Sie wäre das Regime zusammengebrochen.

EXZELLENZ Haben Sie eine Freundin?

STUDENT Ein Verhör?

EXZELLENZ Gewiß.

STUDENT Ich habe eine Freundin.

EXZELLENZ Schlafen Sie mit ihr?

STUDENT Sonst hätte ich keine Freundin.

EXZELLENZ Interessiert sie sich auch für Kosmologie?

STUDENT Wäre sie eine Gans, wäre sie nicht meine Freundin.

EXZELLENZ Meine Menschenkenntnis muß nachgelassen haben.

STUDENT Ist es in diesem Staate sogar verboten, mit seiner Freundin zu schlafen?

EXZELLENZ Sie sind reichlich aggressiv.

STUDENT Ich bin in einem Verhör.

EXZELLENZ Junger Mann, Sie schlafen mit Silvia, Prinzessin von Saltovenia. Eines Tages wird man Sie durchlöchert in einem Straßengraben finden und vergeblich von einem Faktum, das festzustellen ist, auf Fakten zu schließen versuchen, die nicht mehr festzustellen sind.

STUDENT Eine Drohung?

EXZELLENZ Die Monarchisten brauchen nur hinter Ihr Verhältnis zu kommen, junger Mann. Die Prinzessin von Saltovenia ist die letzte, die das Recht hat, noch den Namen der Staufen zu tragen. Heiratet sie nicht standesgemäß, erlischt die Monarchie.

STUDENT Es fällt mir nicht ein, sie zu heiraten.

EXZELLENZ Deshalb reichten Sie auch Ihren Antrag für ein Stipendium ein. Um vor Ihrer Freundin zu türmen!

STUDENT Ich bin kein Feigling.

EXZELLENZ Aber klug genug, Ihre Liebe richtig einzuschätzen. Sie verlassen dieses Land einstweilen nicht. *Geht mit ihm nach hinten rechts.* Das Land braucht Weltuntergangsspezialisten.

Nur noch seine Stimme hörbar.

EXZELLENZ Raus mit Ihnen.

Vor dem Schreibtisch steht ein Bauer, der offenbar von rechts vorne gekommen ist. Exzellenz kehrt wieder zurück.

DER BAUER Ponzo darf nicht sterben.

EXZELLENZ Wer bist du?

DER BAUER Der Bauer Toto.

EXZELLENZ Wie bist du reingekommen?

DER BAUER Einfach so.

EXZELLENZ Was willst du?

DER BAUER Ponzo darf nicht sterben.

EXZELLENZ Dein Sohn?

DER BAUER Mein Sohn.

EXZELLENZ Er ist zum Tode verurteilt, Bauer Toto.

DER BAUER Seine Frau ist schwanger.

EXZELLENZ Sie wird ihm einen Sohn gebären.

DER BAUER Ponzo darf nicht sterben.

EXZELLENZ Ich nehme einen Mann, Ponzo gibt einen Mann. Die Rechnung geht auf.

DER BAUER Stirbt Ponzo, stirbst du.

EXZELLENZ Geh, Bauer Toto.

Der Bauer geht nach rechts vorn ab. Exzellenz allein, telefoniert.

EXZELLENZ Oberst, vollstrecken Sie das Urteil. *Legt auf. In Sprechanlage* Den Chef der Geheimpolizei.

Von vorne rechts kommt der Geheimpolizeichef Möller.

MÖLLER Exzellenz.
EXZELLENZ *in Gedanken* Möller, wie kam der Bauer herein?
MÖLLER Welcher Bauer?
EXZELLENZ Ponzos Vater.
MÖLLER Ponzos Vater ließen Sie vor zwei Jahren erschießen.
EXZELLENZ Ich?
MÖLLER Als letzte Instanz –
EXZELLENZ Dann war es ein anderer Bauer.
MÖLLER Es war kein Bauer da.
EXZELLENZ Er ging eben hinaus.
MÖLLER Ich wartete im Nebenzimmer und hätte ihn bemerkt.
EXZELLENZ Setzen Sie sich, Möller.

Möller setzt sich.

EXZELLENZ Was darf ich anbieten?
MÖLLER Kaffee.
EXZELLENZ *in Sprechanlage* Kaffee. *Stellt ab.*
MÖLLER Exzellenz, das Volk murrt.
EXZELLENZ Bald wird es toben.

MÖLLER Das Ausland protestiert. Unsere Botschaften werden belagert. Die Konsulate gestürmt. Einige sind in Brand gesetzt.
EXZELLENZ Verlange Neuigkeiten.
MÖLLER Ein Fehler, das Urteil vollstrecken zu lassen.

Exzellenz tut überrascht.

EXZELLENZ Möller, Ihr Geheimdienst hört meine Telefongespräche ab?
MÖLLER Ich persönlich höre sie im Nebenzimmer ab.

James von rechts vorne bringt Kaffee, geht ab. Möller nimmt Zucker. Rührt.

MÖLLER Der Student?
EXZELLENZ Ich unterhalte mich mit ihm bisweilen über die Schwarzen Löcher. Im Weltall.
MÖLLER Die Hesperiden?
EXZELLENZ Möller, haben Sie denn nicht Ihr Abitur bestanden?
MÖLLER Das naturwissenschaftliche Abitur.
EXZELLENZ Lösen Sie denn keine Kreuzworträtsel?
MÖLLER Ich lege Patiencen.
EXZELLENZ Das falsche Abitur und das falsche Spiel.
MÖLLER Und was spielen Exzellenz?
EXZELLENZ Bisweilen Schach. Na ja, Möller, im übrigen leisteten Ihre Leute phantastische Arbeit. Die Ärzte sind von der Intensivstation begeistert. Hält alles dicht?
MÖLLER Ich weiß nicht, Exzellenz. Die United Press meldet, der Generalissimus sei ernsthaft erkrankt.

EXZELLENZ *in Sprechanlage* Einen Kognak. *Stellt ab.* Morgen meldet die United Press, er liege im Sterben.

MÖLLER Möglich.

EXZELLENZ Wie kommt die United Press auf diesen Unsinn?

MÖLLER Der Generalissimus nahm gestern nicht an der Sitzung des Ministerrats teil. Sie selber unterzeichneten das Kommuniqué, Exzellenz.

EXZELLENZ Weisen Sie den Vertreter der United Press aus.

MÖLLER Damit werden wir unglaubwürdig.

EXZELLENZ Möller! Wer ist hier unglaubwürdig? Wir oder ein versoffener Auslandskorrespondent, der hinter einem harmlosen Kommuniqué gleich das Schlimmste vermutet?

MÖLLER Wir, Exzellenz.

Von vorne links kommt Arkanoff wie betäubt.

EXZELLENZ Arkanoff, Sie haben mir den Generalissimus auf die Beine zu stellen, nicht vor sich hinzuglotzen.

ARKANOFF Rufen Sie den Kardinal.

EXZELLENZ Wozu?

ARKANOFF Zur Letzten Ölung. *Ab.*

James von vorne rechts.

JAMES Kognak.

EXZELLENZ Raus.

James mit Kognak ab.

MÖLLER Die Intensivstation hätten wir uns sparen können.

EXZELLENZ Ich gebe mich nicht geschlagen.

MÖLLER Sie kämpfen gegen ein Naturgesetz.

EXZELLENZ Arkanoff hat keinen Schneid. Ich lasse Goldbaum kommen.

MÖLLER Den Regimekritiker?

EXZELLENZ Den.

MÖLLER Er ist Friedensnobelpreisträger.

EXZELLENZ Er hat auch noch einen Nobelpreis für Medizin.

MÖLLER Er ist Jude.

EXZELLENZ Antisemit?

MÖLLER Exzellenz, ich setzte in Holland während der Besetzung mein Leben für jüdische Freunde aufs Spiel.

EXZELLENZ Schön von Ihnen.

MÖLLER Aber Goldbaum treibt mit seinen Pressekonferenzen eine verdammt leichtfertige Politik.

EXZELLENZ Ich brauche den Arzt, nicht den Politiker.

Schweigen.

MÖLLER Goldbaum ist verschwunden.

EXZELLENZ Ach.

MÖLLER Er kehrte vom gestrigen Abendspaziergang nicht zurück.

EXZELLENZ Sie ließen ihn verhaften?

MÖLLER Ihre Leute bewachten ihn, Exzellenz.

EXZELLENZ Ich dachte, Ihre Leute, Möller.

MÖLLER Offenbar ein Mißverständnis.

EXZELLENZ Wir sollten unsere Geheimdienste koordinieren.

MÖLLER Ihre Leute versuchten letzthin, mich umzulegen.
EXZELLENZ Zuerst versuchten Ihre Leute, mich umzulegen.
MÖLLER Nachträgerisch?
EXZELLENZ Schließen wir Frieden?
MÖLLER Wir müssen. In dieser Situation.
EXZELLENZ Dann schaffen Sie mir Goldbaum herbei.
MÖLLER Er kommt nicht weit, Exzellenz.
EXZELLENZ Falls Sie ihn auftreiben.
MÖLLER Die Grenzen sind gesperrt.
EXZELLENZ Viel Glück.

Arkanoff von vorne links.

ARKANOFF Exzellenz.
EXZELLENZ Arkanoff, Sie glotzen schon wieder.
ARKANOFF Ist der Kardinal unterwegs?
EXZELLENZ Arkanoff, ich bemerke Ihre penetrante Frömmigkeit zum ersten Mal.
ARKANOFF Es geht nur noch um Minuten –
EXZELLENZ Arkanoff, Sie werden unverschämt. *In Sprechanlage* Wann kommt endlich der Kognak? *Stellt ab.* Einen Armeegeistlichen meinetwegen. Den können Sie haben. Der Mann tue seine Pflicht, und ich sperre ihn ein, bis der Generalissimus wieder herummarschiert. In drei Tagen, Arkanoff, in drei Tagen. Den Kardinal schlagen Sie sich aus dem Kopf. Erscheint der, weiß es die ganze Welt.
ARKANOFF Der Generalissimus verlangt den Kardinal, Exzellenz.
EXZELLENZ Unsinn, Arkanoff. Der Generalissimus liegt seit – *Schaut auf die Uhr* – genau achtundachtzigtau-

sendfünfhundertundsechzig Sekunden im Koma. Gott sei Dank, wenigstens Kopfrechnen geht noch. Die Quadratwurzel davon ist zweihundertsiebenundneunzig Komma neunundfünfzig.

James vorne rechts mit Kognak.

EXZELLENZ Raus.

James ab.

EXZELLENZ Arkanoff, Sie stehen immer noch herum.
ARKANOFF Exzellenz, der Generalissimus ist wieder zu sich gekommen.

Schweigen.

ARKANOFF Hoffentlich setzen die Magenblutungen nicht wieder ein.

Schweigen.

EXZELLENZ Arkanoff, warum haben Sie mir das nicht auf der Stelle gemeldet?
ARKANOFF Exzellenz ließen mich nie zu Wort kommen.
EXZELLENZ Reden Sie dem Generalissimus den Kardinal aus.
ARKANOFF Dazu bin ich nicht befugt, Exzellenz.
EXZELLENZ Ich benachrichtige den Kardinal.

Arkanoff ab.

EXZELLENZ *in Sprechanlage. Wütend* Ist es wirklich unmöglich, einen Kognak aufzutreiben? *Stellt ab.* Merkwürdig, Möller. Ich meinte, die politische Bühne zu überblicken und auf ihr spielen zu können wie auf einem Schachbrett, aber auf einmal platzt das Blutgefäß eines alten Mannes, und ich überblicke keinen Zug mehr.

MÖLLER Ich hätte Arkanoff nicht nachgegeben, Exzellenz.

EXZELLENZ Ich gebe nicht Arkanoff, ich gebe dem Generalissimus nach.

MÖLLER Die Kirche stellte sich in letzter Zeit recht schmerzlich gegen uns, und besonders der Kardinal.

EXZELLENZ Ein jeder tut, was er kann. Sie scharen Ihren Geheimdienst um sich, Möller, ich baue meine Sicherheitstruppen auf, Hoheit mobilisiert die Monarchie, die Herzogin die Partei, die Kirche ihre Gläubigen, und die Opposition fand in Goldbaum einen natürlichen Führer. *Lacht.*

James vorne rechts bringt Kognak.

EXZELLENZ Endlich mein Kognak.

James ab.

EXZELLENZ Ihr Kaffee ist kalt geworden, Möller. *Trinkt Kognak.* Rufen wir den Kardinal. *Will zum Telefon greifen.*

MÖLLER Exzellenz lösen eine Lawine aus.

EXZELLENZ Zugzwang.

MÖLLER Tauschen Sie den Kardinal gegen einen anderen aus.

EXZELLENZ Wir haben keinen anderen.
MÖLLER Wir haben Nostromanni.
EXZELLENZ Den Schauspieler?
MÖLLER Er wird als Kardinal auftreten. Wenn er Maske macht, erkennt ihn der Generalissimus nicht.
EXZELLENZ Möller, holen Sie unseren verehrten Nostromanni. Einen Knaben, der den Ministranten spielen kann, werden Sie ohnehin bei ihm finden.

Möller ab.
Exzellenz wählt.

EXZELLENZ Führen Sie ihn zu mir, wenn er kommt. *Telefoniert weiter.* John, informiere die Tochter des Generalissimus und Hoheit, der Generalissimus liege im Sterben.

Aus dem Hintergrund links dringt Doña Rosabella, die Mutter des Generalissimus, hundertjährig, herein.

EXZELLENZ Mein Gott! Die Unsterblichen. *Erhebt sich.*
ROSABELLA Felipe!
EXZELLENZ Doña Rosabella?
ROSABELLA Felipe!
EXZELLENZ Sie suchen Ihren Sohn, Doña Rosabella?

Sie schaut hinter den Paravent.

ROSABELLA Hier ist er nicht. *Kommt nach vorn.* Vor fünfundzwanzig Jahren habe ich ihn hinter dem Paravent erwischt. Mit einer Engländerin. Mit einer großen, nackten, üppigen Kuh.

EXZELLENZ Ihr Sohn zog sich in seine Gemächer zurück, Doña Rosabella.

ROSABELLA Blödsinn. Er schlich sich heimlich davon. Er will sterben. Wie sein Vater Don Miguel. Der war mit seinem Magenkrebs auch nicht mehr aufzustöbern. Ich entdeckte seine Leiche erst zwei Monate später, auf dem Boden. Ich war damals zwanzig, und jetzt bin ich hundert.

EXZELLENZ Erstaunlich, Doña Rosabella.

ROSABELLA Noch jung, weil ich diese Sterberei nie mitmachte. Wer bist du?

EXZELLENZ Der Ministerpräsident, Doña Rosabella.

ROSABELLA Wieso kennst du mich?

EXZELLENZ Ihr Sohn stellte mich Ihnen vor, Doña Rosabella.

ROSABELLA Lüge. Dann hätte ich dich wiedererkannt. Ich erkenne jeden Mann wieder. Weil ich Männer hasse.

Aus der Tiefe links hinten erscheinen weitere Unsterbliche, die beiden Schwestern des Generalissimus, beide verblödet, glatzköpfig, riesenhaft, fett, angekleidet wie Doña Rosabella. Zuerst kommt Doña Rosa.

ROSA Gugus!

ROSABELLA Komm, Kleine, komm!

ROSA Dadadada!

Sie huscht zum Thron, läßt sich zu dessen Füßen nieder, während in der Tiefe links hinten Doña Rosarosa erscheint.

ROSAROSA Gu – gus.

ROSABELLA Komm auch rein, komm.

ROSAROSA Da – da. Da – da. *Wackelt zu ihrem Schwesterchen, läßt sich neben ihr nieder.*

ROSABELLA Dõna Rosa und Dõna Rosarosa, meine jüngsten Kinder. Zwillinge. Einundachtzig.

EXZELLENZ Allerliebst, Doña Rosabella.

ROSABELLA Quatsch. Die beiden sind hochgradig schwachsinnig. Ich habe mich versehen, als ich schwanger war. In einem Monstrositätenkabinett.

Aus der Tiefe links hinten kommt Doña Rosablanca, die Doña Rosanegra in einem Rollstuhl vor sich herschiebt. Gleiche Kleider.

ROSANEGRA Stirbt es endlich, dein Söhnchen?

ROSABLANCA Verendet, verröchelt, verreckt er, he?

Exzellenz verneigt sich, ohne daß von ihm Notiz genommen wird.

EXZELLENZ Meine Damen!

ROSANEGRA Fährt sie dahin, deine Mißgeburt?

ROSABLANCA Dahin, dahin ins große Land Nirgendwo.

ROSABELLA Davon mit euch, Gespenster, fort mit euch, Lemuren, in die Särge zurück, Vampire! *Lehnt sich an die rechte Seite des Throns.*

ROSANEGRA Wir sind seine Tanten, hi, hi!

ROSABLANCA Ich bin hundertsechs, he, he!

ROSANEGRA Ich bin hundertsieben, hi, hi!

ROSABLANCA Wir möchten ihn sehen, he, he!

ROSANEGRA Seinen Leib betasten, sein Fleisch riechen,

seine Haut schmecken, seine Knochen brechen, seine Augen schließen.

Weitere Unsterbliche erscheinen. Die drei Tanten Rosabellas kommen herein, gleichgekleidet, zerschlissen, gewaltig, massig.

ROSALAURA Wo ist er, der Wechselbalg, der das Land gerettet haben soll.
ROSABLANCA Er verkrümelt sich in die Unendlichkeit, he, he!
EXZELLENZ Meine Damen, ich bitte Sie, meine Damen!

Er wird nicht beachtet.

ROSAFLORA Wo hast du ihn versteckt, den Blutsäufer, den Weibertöter, den Kinderfresser?
ROSANEGRA Er fährt dahin, hi, hi!
ROSABLANCA Dahin, dahin ins große, weiße, weite Land Nirgendwo, he, he!

Exzellenz setzt sich wieder hinter den Schreibtisch.

EXZELLENZ Nicht mehr aufzuhalten.
ROSABERTA Zeig ihn her, deinen wolfsrachigen, hasenschartigen, leprösen Bankert.
ROSALAURA Der vor sechzig Jahren eine Landpomeranze heiratete.
ROSAFLORA Eine unfruchtbare Nutte.
ROSABERTA Die nur ein Mädchen gebar.
ROSA Gugus.
ROSAROSA Da – da. Da – da.
ROSABELLA Wenigstens hat sie ihre Schenkel gespreizt,

wenigstens hat sie geworfen, wenigstens hat sie gesäugt.

ROSABLANCA Wenigstens, he, he!

ROSANEGRA Wenigstens, hi, hi!

ROSABELLA Wenigstens! Ihr dagegen, meine piekfeinen, eitlen, geilen Tanten, habt noch nie einen Mann zwischen den Beinen gehabt.

Die drei Tanten sind starr.

ROSAFLORA Rosabella!

ROSABELLA *äfft sie nach* Rosaflora, Rosalaura, Rosaberta.

ROSABERTA Zwischen den Beinen? Einen Mann? Warum denn?

ROSALAURA Rosaberta, das verstehst du nicht. Du bist zu jung.

ROSABERTA Ich bin nicht zu jung, ich bin auch schon bald hundertzwanzig.

ROSAROSA Gu – gus.

ROSA Dadadada.

ROSAFLORA Ich bin hunderteinundzwanzig.

ROSALAURA Ich bin hundertdreiundzwanzig. Wie viele Sekunden macht das, Ministerpräsident?

EXZELLENZ Drei Milliarden achthunderteinundachtzig Millionen fünfhundertvierundachtzigtausendachthundert Sekunden, Doña Rosalaura.

ROSALAURA So viele. Seht ihr, so viele Sekunden.

ROSAFLORA Her mit ihm, Rosabella, her mit deinem Sohn.

ROSANEGRA Dahin, dahin, hi, hi!

ROSABLANCA Er fährt dahin ins weiße, weite Land Nirgendwo, he, he!

ROSABERTA Ich will auch einen Mann zwischen den Beinen.

ROSABLANCA Gott der Allmächtige straft ihn, wenn er stirbt. Gott der Herr Zebaoth zerquetscht ihn.

ROSABERTA Ich will auch –

ROSANEGRA Hi, hi! Dahin, dahin, er fährt dahin, hi, hi!

ROSABLANCA He, he! Ins Land Nirgendwo, ins große weite Land Nirgendwo, he he!

Doña Rosagrande tritt von links hinten auf.

ROSALAURA, ROSAFLORA, ROSABERTA Mutter.

ROSABELLA Großmutter.

Stille. Nur noch Rosaberta weint leise, dünn.

ROSABERTA Ich will doch auch einen Mann zwischen den Beinen.

Rosagrande schaut sich um.

EXZELLENZ Doña Rosagrande. *In die Sprechanlage* Ist denn niemand bei den Damen? Sie strömen in den Thronsaal. Wo ist die Gouvernante? Ich werde überschwemmt. *Stellt ab.*

ROSAGRANDE Es haust. Es haust im kleinen Generalissimus. Es haust in meinem Urenkel, kaum der Brust Rosabellas entwöhnt. *Horcht.* Sein Sterben haust in diesem Palast. Urgroßmutter läßt sich nicht hintergehen. Ein anständiger Mensch stirbt nicht, nur Männer sterben, und sie töten die Weiber, damit auch die sterben. Aber mich tötet niemand. Ich bin hundertfünfzig und noch nie gestorben. Und ich sterbe nie, es sei denn, ich schnippe mit dem Finger: Der Jüngste Tag bricht an, wenn ich mit dem Finger schnippe.

Von rechts vorne kommt James, verzieht sich sofort wieder.

ROSAGRANDE Ministerpräsident.
EXZELLENZ Doña Rosagrande?
ROSAGRANDE Wir zertrampelten vorhin eine Gouvernante und werden auch dich zertrampeln. *Bemerkt den Thron.* Der Thron, der Thron. Der Thron der Staufen. Barbaren, die Jahrhunderte über uns herrschten. Aasgeier, die den Tod Felipes abwarten, um sich wieder niederzulassen. *Setzt sich auf den Thron.* Ministerpräsident.
EXZELLENZ Doña Rosagrande?
ROSAGRANDE Don Felipe röchelt gewaltig.
DIE UNSTERBLICHEN Dies irae, dies illa, solvet saeclum in favilla.
ROSAROSA Gu – gus.
ROSA Dadadada.
ROSAGRANDE Schweigt!

Schweigen.

ROSAGRANDE Ministerpräsident.
EXZELLENZ Doña Rosagrande?
ROSAGRANDE Ist der Priester gekommen?
EXZELLENZ Der Kardinal ist unterwegs.
ROSAGRANDE Felipe ist ein Feigling. *Lacht.* Ich war sechzehn, vor hundertvierunddreißig Jahren, als mich ein

kleiner, dicker Pater beim Studium des heiligen Ignatius auf die Chaiselongue warf, und seitdem habe ich nur Weibliches geboren, siebzehn Wechselbälge, drei vom Jesuiten, vier von einem Köhler, dem überall auf seinem schwarzen Leib gelbes Haar wucherte, und zehn vom Herzog Alba und seinen Domestiken.

ROSALAURA, ROSAFLORA, ROSABERTA Der Herzog war unser Vater, der Herzog war unser Vater.

ROSAGRANDE Irrtum, Drillinge, euer Vater war ein Riese, zwei Meter sechzig, ein Lustknabe Zar Nikolaus' des Ersten, und ich brannte mit ihm durch. Er war eine Enttäuschung. Der Herzog von Alba brauchte zwei Särge, als er den Riesen begrub, in dem einen lagen nur die Beine, und während man die Särge aus der Kapelle trug, fickte ich den Küster.

ROSABERTA Ich will auch einen Riesen, ich will auch zwei Särge.

ROSANEGRA Dahin, dahin, hi, hi, Felipito fährt dahin.

ROSABLANCA Dahin, dahin, he, he, ins große weite Land Nirgendwo.

ROSAGRANDE Genug geplärrt.

Stille.

ROSAGRANDE Eine Welt von Weibern brachte ich zur Welt, dumpfe Eheweiber, berechnende Huren, brünstige Heilige, bigotte Jungfrauen, mannstolle Bestien, glotzende Idioten, und aus ihren Schößen schlüpften andere Weiber, und aus deren Schößen krochen weitere Weiber. Nur meine Enkelin Rosabella warf einen Mann, Felipe, der nun stirbt, Felipe, dessen Sterben ich genießen will.

ROSAROSA Gu – gus.
ROSA Dadadada.

Durch die Tür rechts vorn kommt eine Gouvernante mit Peitsche.

GOUVERNANTE Rosagrande, Rosalaura, Rosaflora, Rosaberta, Rosablanca, Rosanegra, Rosa, Rosarosa, Rosabella!
EXZELLENZ Die Unsterblichen trampelten die Gouvernante zu Tode.
DIE UNSTERBLICHEN Er tratscht, er tratscht.
GOUVERNANTE Eine Gouvernante! Schämt euch. Wieder eine zu Tode getrampelt. Marsch auf eure Zimmer. Marsch, marsch, meine Damen.

Die Unsterblichen flüchten nach links hinten, die Gouvernante hetzt ihnen nach.
Von weit rechts hinten läßt unterdessen John, nur kurz sichtbar, Goldbaum herein. Goldbaum stutzt, als er die flüchtende Gruppe der Unsterblichen erblickt. Goldbaum ist meistens in sich versunken, zerstreut, kann aber plötzlich scharf und entschlossen werden.

EXZELLENZ Kommen Sie, Goldbaum.
GOLDBAUM Hm. Diese Geschöpfe?
EXZELLENZ Die Schwestern, die Mutter, die Tanten, die Großtanten und die Urgroßmutter des Generalissimus.
GOLDBAUM Die Urgroßmutter?
EXZELLENZ Hundertfünfzig Jahre alt.
GOLDBAUM Ein zähes Geschlecht.

EXZELLENZ Der Haß gegen uns Männer hält sie am Leben.

GOLDBAUM Begreiflich. Hm. Wir Männer sind seit jeher reichlich fragwürdig.

EXZELLENZ Lassen wir das, Goldbaum. Es freut mich, Sie kennenzulernen.

GOLDBAUM Hm. Wo bin ich denn?

EXZELLENZ Im Thronsaal des königlichen Palastes. Na ja. Der Generalissimus ließ hier sein Arbeitszimmer einrichten. *Weist auf die Fresken* Vielleicht Goya.

GOLDBAUM Auch unheimlich.

EXZELLENZ Der Meister weilte ein Jahr in diesem Lande.

GOLDBAUM Eine Riesenarbeit.

EXZELLENZ Nehmen Sie Platz.

GOLDBAUM Hm. Ich verstehe nicht recht – schön. *Setzt sich.*

EXZELLENZ Gratuliere zum zweiten Nobelpreis.

GOLDBAUM So.

EXZELLENZ Auch für unser Land eine Ehre.

GOLDBAUM Tja.

EXZELLENZ Ich wundere mich zwar, daß Sie sich ausgerechnet bei uns niedergelassen haben.

GOLDBAUM Meine Frau ist hier geboren.

EXZELLENZ Ein Grund hierzubleiben?

GOLDBAUM Ein Opfer der Nazis hat die Pflicht, für die Menschenrechte weiterzukämpfen.

EXZELLENZ Dreißig Jahre währt Ihr Kampf schon.

GOLDBAUM Vierzig Jahre regiert der Generalissimus schon.

EXZELLENZ Ihre Frau ist tot.

GOLDBAUM Um so mehr bin ich diesem Lande verpflichtet.

EXZELLENZ Sie sind allein, Goldbaum. Keine Kinder, keine Verwandten. Ein altes Weib, das für Sie kocht, ein alter Hund hinter der Haustür, das ist alles.

Schweigen.

EXZELLENZ Nichts ist Ihnen geblieben als Ihre einsamen Spaziergänge.

GOLDBAUM Sie vergessen meinen Beruf.

EXZELLENZ Ein Landarzt mit lächerlich wenigen Patienten. Nur heimlich wagt sich hin und wieder ein Bauer zu Ihnen.

GOLDBAUM Ich schlage mich durch.

EXZELLENZ Im Ausland wären Sie überall willkommen.

GOLDBAUM Ich schüttle deshalb den Staub dieses Landes nicht von den Füßen.

EXZELLENZ Bilden Sie sich wirklich ein, Möller ließe Sie außer Landes?

GOLDBAUM Ich will ja nicht außer Landes.

EXZELLENZ Sie könnten auch nicht außer Landes, Goldbaum.

GOLDBAUM Ich verlernte es, mich zu fürchten.

EXZELLENZ Mutig. Aber jedesmal, wenn Sie eine Ihrer berühmten Pressekonferenzen geben und unser Regime mit unbezwinglicher Logik in der Luft zerfetzen, zittere ich um Ihr Leben.

GOLDBAUM Möller wird es nie wagen –

EXZELLENZ Ein falsches Wort von Ihnen, Goldbaum, und Möller muß es wagen.

GOLDBAUM Ich denke, Sie ließen mich nicht entführen, um sich mit mir politisch zu unterhalten.

EXZELLENZ Ich benutze die Gelegenheit. *Nimmt sich eine Zigarette.* Goldbaum, Sie sind in Lebensgefahr.

GOLDBAUM Wenn schon.

EXZELLENZ Möller schlägt zu. Sie sind leichtsinnig.

GOLDBAUM Die Geheimpolizei läßt mich gleichgültig.

EXZELLENZ Als Politiker haben Sie mit ihr zu rechnen.

GOLDBAUM Ich bin kein Politiker.

EXZELLENZ Dann ist Ihre Opposition purer Luxus.

GOLDBAUM Der Politik kommt man nur noch als Nichtpolitiker bei.

EXZELLENZ Sie sind ein politischer Hochstapler, Goldbaum. Ihr Scheck ist auch durch Ihre zwei Nobelpreise nicht gedeckt, wenn Sie sich weigern, die Opposition in diesem Lande zu führen.

GOLDBAUM Meine Aufgabe ist es, die Opposition zu entfachen, nicht, sie zu führen.

EXZELLENZ Ihre Sentenzen sind Ausreden, mit denen Sie sich um die Macht drücken.

GOLDBAUM Ich suche die Macht nicht.

EXZELLENZ Aber die Macht wird Sie finden, Goldbaum. *Raucht.* Weiß Gott, sie wird Sie finden. *Raucht.* Ich will fair sein, Goldbaum. Ich biete Ihnen eine letzte Chance.

GOLDBAUM Die wäre?

EXZELLENZ Ich lasse Sie durch meine Leute außer Landes schaffen.

GOLDBAUM Ich kann Sie nicht hindern.

EXZELLENZ Nicht ohne Ihre Einwilligung natürlich.

GOLDBAUM Die gebe ich nicht.

EXZELLENZ Im Ausland fällt es Ihnen leichter, eine Exilregierung zu bilden.

GOLDBAUM Ich wäre an der Spitze einer Exilregierung ein

idealistischer Stümper. Ich bin dem Regime nur so lange gefährlich, als ich ihm als Mensch im Namen der Menschlichkeit entgegentrete und nicht als Politiker im Namen irgendeiner Richtung.

Schweigen.

EXZELLENZ Schön, Goldbaum. Sie haben sich entschieden. Sie lassen mir keine andere Wahl: Ich ernenne Sie zum Leibarzt des Generalissimus.
GOLDBAUM Hm. Deshalb ließen Sie mich verhaften?
EXZELLENZ Unter anderem.
GOLDBAUM Liegt der Generalissimus im Sterben?
EXZELLENZ Woher wollen Sie das jetzt auf einmal wissen? *Drückt die Zigarette aus.*
GOLDBAUM Was soll ich sonst als Leibarzt?
EXZELLENZ Nur so ist es mir möglich, Sie vor Möller zu schützen.
GOLDBAUM Ach ja?
EXZELLENZ Auch einen Kognak?
GOLDBAUM Tee.
EXZELLENZ *in die Sprechanlage* Tee. *Stellt ab.* Der Generalissimus liegt nicht im Sterben. Er ist bloß schwer erkrankt.
GOLDBAUM Machen Sie mir nichts vor. Sie ließen mich entführen, weil der Leibarzt des Generalissimus die Lage für hoffnungslos ansieht.
EXZELLENZ Na ja. Mir unerfindlich, wie Sie darauf gekommen sind.
GOLDBAUM A priori.

James mit Tee.

JAMES Tee. *Serviert.*
GOLDBAUM Danke.

James ab. Goldbaum trinkt.

GOLDBAUM Erfrischt. *Trinkt.* Sie glauben, ich sei besser als Arkanoff.
EXZELLENZ Sie kennen Arkanoff.
GOLDBAUM Ja.
EXZELLENZ Sie kennen Arkanoff genau.
GOLDBAUM Wer kennt Arkanoff nicht? Den großen Arkanoff. Den berühmten Arkanoff.
EXZELLENZ Daß Sie Friedensnobelpreisträger sind, Goldbaum: eine sozialistische Schikane gegen unser Land. Aber daß Sie auch noch Nobelpreisträger der Medizin sind, nötigt mir Respekt ab.
GOLDBAUM Es wäre mir lieber, wenn Ihnen der Friedensnobelpreisträger ein wenig mehr Respekt abnötigen würde. Tja. Mein Nobelpreis für Medizin hat mit Medizin nichts zu tun. Ich bin Arzt, ich überstand das Konzentrationslager, man hatte Mitleid mit mir. Sentimentalität. Meine medizinischen Fähigkeiten bildet sich die Welt nur ein. Arkanoff ist der weit bessere Mediziner. Arkanoff irrt sich nicht. Der Generalissimus ist verloren.

Arkanoff von links vorne.

ARKANOFF Er ist wieder in eine tiefe – *Stutzt, Goldbaum erblickend. Wird bleich.*
EXZELLENZ Die Herren kennen sich.
ARKANOFF Natürlich. Selbstverständlich.

GOLDBAUM *zerstreut* Nehme an, Arkanoff. Hm. Tja. Schön. Der berühmte Arkanoff, der große Arkanoff. *Trinkt Tee.*

ARKANOFF *wird verlegen* Sehr erfreut, Sie – ich – *Wischt sich den Schweiß ab.* Ich meine, ich bin sehr erfreut, Sie wiederzusehen, Collega.

GOLDBAUM *verwundert, da er sich nicht erinnert, Arkanoff je gesehen zu haben, rührt in seiner Teetasse herum* Auch erfreut. Auch sehr erfreut.

ARKANOFF Sie verstehen –

GOLDBAUM Gewiß, ja.

ARKANOFF Die Umstände.

GOLDBAUM Sicher. Hm.

ARKANOFF Deshalb – ich meine –

GOLDBAUM Verstehe. Tja.

ARKANOFF Ich darf – ich verehre Sie – ich verehrte Sie – immer –

GOLDBAUM Übertreiben Sie nicht, Arkanoff. Wir wissen beide, wie es um uns steht.

Arkanoff verneigt sich.

EXZELLENZ Sie schwitzen, Arkanoff. Sie sind totenbleich, Arkanoff.

ARKANOFF Der Generalissimus –

EXZELLENZ Nun?

ARKANOFF Er liegt im Koma.

EXZELLENZ Der Kardinal erscheint gleich.

ARKANOFF Der Generalissimus hat kaum noch eine Stunde zu leben.

EXZELLENZ Das nehmen Sie seit Stunden an. Arkanoff, ich bat Goldbaum, die Behandlung des Generalissimus zu übernehmen.

GOLDBAUM Mit welchem Recht –

EXZELLENZ Im Namen der Menschlichkeit, Goldbaum, ich nehme Sie beim Wort. *Erhebt sich.* Arkanoff, führen Sie Goldbaum zum Patienten. Der Generalissimus soll endlich einmal von einem Arzt besichtigt werden.

Nostromanni als Kardinal und ein Strichjunge als Chorknabe treten auf.

NOSTROMANNI Benedicat vos omnipotens Deus.

EXZELLENZ Arkanoff, Ihr Kardinal.

ARKANOFF Eminenz. *Verneigt sich.*

GOLDBAUM *erhebt sich* Tja. Hm.

ARKANOFF Kommen Sie, Collega, kommen Sie! *Nimmt Goldbaum beim Arm und geht mit ihm schleunigst nach links vorne ab.*

NOSTROMANNI Pater et Filius et Spiritus Sanctus.

EXZELLENZ Nostromanni, großartig. Arkanoff hält Sie tatsächlich für den Kardinal.

NOSTROMANNI Meine Aufgabe, Exzellenz?

EXZELLENZ Weihte Möller Sie nicht ein?

NOSTROMANNI Ich denke, Generalissimus wünschen sich einen Spaß zu leisten.

EXZELLENZ Tja, Nostromanni, tja.

Schweigen.

NOSTROMANNI »Brechen Sie dies rätselhafte Schweigen.«

EXZELLENZ Keine Zitate bitte, Nostromanni.

NOSTROMANNI ›Don Carlos‹, Exzellenz.

EXZELLENZ Sind die Requisiten zu einer Letzten Ölung vorhanden?

NOSTROMANNI *wundert sich* Gewiß, Exzellenz.
EXZELLENZ Wissen Sie, wie so was zugeht, Nostromanni?
NOSTROMANNI Ich war Priester, bevor ich zur Bühne ging.
EXZELLENZ Sie erstaunen mich, Nostromanni.
NOSTROMANNI Die Chorknaben spielten mir einen Streich, Exzellenz.
EXZELLENZ Nostromanni, Nostromanni, und einen haben Sie sich mitgebracht. In Gottes Namen denn hinein zum Generalissimus. Geben Sie ihm die Sakramente. Er liegt im Sterben. Kommt er noch zu sich, wird er Sie für den Kardinal halten.
NOSTROMANNI Exzellenz, das –, das dürfen Sie nicht von mir verlangen.
EXZELLENZ Unsinn, Nostromanni. Sie sind kein Amateur, Sie schrecken vor nichts zurück. Spielen Sie Ihre Rolle mit der Bravour, die wir an Ihnen bewundern.
NOSTROMANNI Die Gage –
EXZELLENZ Mein lieber Freund. Es war leichtsinnig, Möllers Auftrag anzunehmen. Sie haben ihn angenommen. Den Palast verlassen Sie und Ihr Chorknabe nicht mehr. Sie wissen die Wahrheit, und das Recht zu existieren haben Sie verloren. Sie sind ein toter Mann, Nostromanni.
NOSTROMANNI *erbleicht* Exze – Exzellenz –
EXZELLENZ Aber ich will sehen, daß Sie noch einmal davonkommen, Nostromanni. Mehr kann ich für Sie nicht tun. *Begleitet ihn zur Tür.*
NOSTROMANNI Exzellenz, mir ist kreuzübel.
EXZELLENZ Übergeben Sie den Generalissimus dem Himmel, Nostromanni, Sie können sich nachher übergeben.

Nostromanni mit dem Chorknaben will nach links vorne. Die Herzogin (Hoheit), der Herzog von Saltovenia und deren beider Tochter Silvia treten von rechts vorne auf. Hoheit im Nachthemd, einen kostbaren Pelzmantel übergeworfen, der Herzog im Smoking. Silvia in Blue Jeans. Die Hoheit ist eiskalt, verliert nie die Fassung, auch wenn sie ordinär wird, tut sie das im Stil des Hochadels, der sich erlaubt, jedes Wort in den Mund zu nehmen. Eine schöne überlegene Bestie, die nur eines will: Macht.

HOHEIT Die Terroristen sind begnadigt!

Exzellenz betrachtet die beiden.

EXZELLENZ *trocken* Sie sind erschossen.

Die Hoheit und der Herzog erblicken Nostromanni, den sie für den Kardinal halten, der eben mit dem Chorknaben nach links vorne verschwindet, und sinken auf die Knie.

HOHEIT Der Kardinal. Auf die Knie, Silvia.

Auch Silvia kniet.

SILVIA Aber –
HOHEIT Schweig, Silvia.
SALTOVENIA Pater noster.
HOHEIT Ave Maria.

Nostromanni ist verschwunden.

SALTOVENIA Qui es in coelis.

HOHEIT Gratia plena.

Die drei erheben sich.

HOHEIT Wer gab den Befehl?
EXZELLENZ Ich, Hoheit.
HOHEIT Sie werden sich vor der Geschichte verantworten müssen. Schweig, Silvia.

Die Herzogin und der Herzog von Valdopolo stürmen von rechts vorne auf die Bühne, beide im Reitkostüm mit Reitgerte. Die Herzogin setzt sich, beginnt sich zu schminken. Sie ist ebenso kalt, überlegen, große Dame und machtbesessen wie die ›Hoheit‹. Der Herzog von Valdopolo ebenso fußballverrückt wie der Herzog von Saltovenia. Die beiden reden nur über Fußball, nehmen an der Handlung nicht teil, spielen auf dem Boden Taktik usw., in ihre Fußballprobleme versunken, wirken ihre Sätze wie unfreiwillige Pointen.

HERZOGIN Papa ist tot?

Sie wird von der Hoheit umarmt.

HOHEIT Liebste!
HERZOGIN Süße Freundin.
VALDOPOLO Nur noch Santagate als linker Flügel bombt uns in das Viertelfinale.
SALTOVENIA Engagieren wir nicht Pflanzerer als rechten Flügel, rutschen wir ins Bodenlose.
HOHEIT Seien Sie mutig.
HERZOGIN Halten Sie mich fest in Ihren Armen.

VALDOPOLO Santagate ist Weltspitze. Einsame Weltspitze. Absolute Weltspitze.

SALTOVENIA Mit Kröse, Hornübel und mit Pflanzerer sind wir Weltklasse.

HERZOGIN Wenigstens hat Papa nicht gelitten. Wenigstens ging es schnell.

HOHEIT Gott ist gnädig, Liebste.

VALDOPOLO Pflanzerer ist zu langsam.

SALTOVENIA Santagate ist noch langsamer.

EXZELLENZ Wir dürfen noch hoffen, Herzogin.

Die beiden Frauen fahren auseinander.

HERZOGIN Papa lebt noch!

HOHEIT Was soll das heißen? Weshalb läßt man uns dann mitten in der Nacht rufen?

EXZELLENZ Wir kämpfen um sein Leben.

HERZOGIN Das ist die Höhe, Exzellenz!

HOHEIT Ich bin sprachlos! Ich stürze aus dem Bett, rüttle Silvia aus dem Schlaf, und Joko stöbert man in einer Bar auf.

EXZELLENZ Jetzt weiß es die ganze Stadt.

HERZOGIN Exzellenz, ich stehe dem Lande zur Verfügung.

HOHEIT Unnötig, Liebste. Ich bin die zukünftige Königin.

HERZOGIN Ich bin die Tochter des Generalissimus.

HOHEIT Herzogin von Valdopolo, Sie wurden im Olympia-Reitturnier sechzehnte, spielen mäßig Golf und noch schlechter Tennis. Ich bin eine Staufe, vom ältesten Adel Europas und schloß mein Jurastudium mit dem Doktortitel ab.

HERZOGIN Herzogin von Saltovenia, Ihr wirklicher Vater war ein italienischer Orchestergeiger.

HOHEIT Die Armee steht auf meiner Seite. Schweig, Silvia.

HERZOGIN Die Marine nicht.

HOHEIT Dafür die Luftwaffe.

HERZOGIN Die Miliz ist mir treu.

VALDOPOLO Uns fehlt ein Mittelfeldstratege.

SALTOVENIA Kommt Pflanzerer, baut Kröse auf.

HERZOGIN Exzellenz, stirbt Papa nun oder stirbt er nicht?

EXZELLENZ Goldbaum ist bei ihm und der Kardinal.

HOHEIT Goldbaum?

Schweigen.

HERZOGIN Der Jude ist sein Todfeind.

EXZELLENZ Jeder ist sein Todfeind.

HOHEIT Der Kardinal haßt ihn wie die Pest.

SALTOVENIA Gegen Graz erzielte Kröse den Siegestreffer.

VALDOPOLO Mit Glück kamen wir mit eins zu null weiter.

HERZOGIN Papa darf erst sterben, wenn er die Geigerin abgesetzt hat.

HOHEIT Das wagt er nie, Olympianutte.

HERZOGIN Und wie! Vor vier Jahren bestimmte Papa den Prinzen von Ajacco zum König, ein halbes Jahr später war der Prinz gefeuert.

HOHEIT Der Prinz von Ajacco war kein Staufe.

HERZOGIN Aber populärer als Sie.

SALTOVENIA Ich blättere zwei Millionen auf den Tisch und kaufe Neesenbeuil ein.

Von vorne links würdig Nostromanni als Kardinal und der Strichjunge als Chorknabe.

HOHEIT Der Kardinal.
HERZOGIN Seine Eminenz.
HOHEIT Auf die Knie, Silvia.
SILVIA Aber –
HOHEIT Schweig, Silvia.

Alle außer Exzellenz sinken auf die Knie und bemerken nicht, daß im gleichen Augenblick unverhofft rechts vorne der richtige Kardinal mit dem Chorknaben eingetreten ist. Der Kardinal betrachtet die Szene verdutzt. Nostromanni erblickt den Kardinal, erteilt geistesgegenwärtig den Segen.

NOSTROMANNI Benedicat vos omnipotens Deus: Pater, et Filius, et Spiritus Sanctus.
HOHEIT Credo in unum Deum –
SALTOVENIA Glaube an Neesenbeuil.
HERZOGIN Patrem omnipotentem, factorem coeli et terrae –
VALDOPOLO Glaube an Santagate.

Nostromanni geht mit dem Strichjungen am Kardinal vorbei, ihn segnend, und verschwindet würdig vorne rechts.

KARDINAL Teufel, das war doch Nostromanni.

Die anderen haben sich erhoben und glotzen den Kardinal an. Dieser ist ein bäurischer, ungestümer Koloß, grimmig, von einer echten Frömmigkeit.

HOHEIT Noch einmal der Kardinal.
HERZOGIN Wieder Seine Eminenz.

Alle fallen wieder auf die Knie.

KARDINAL Verdammt! Ein Schauspieler hat mich vertreten.
HOHEIT Visibilium omnium et invisibilium –
SALTOVENIA Ohne Neesenbeuil sind wir verloren.
HERZOGIN Et in unum Dominum – Jesum Christum, filium Dei unigenitum
VALDOPOLO Uns hilft nur noch Santagate.
KARDINAL Mein Sohn, das geht zu weit, Himmelherrgott! *Sieht, außer Exzellenz, die anderen noch verdutzt knien.* Erhebt euch.

Sie erheben sich.

KARDINAL Verflucht noch einmal. Fort mit dir.

Chorknabe rechts vorne ab.

KARDINAL Mein Gott, ich fluche und fluche, wenn ich in Wut gerate. Mein Gott, mein Gott, mein Gott. Mein Zorn reißt mich dahin, ich lästere Dich und vergesse mein Volk. *Stutzt, wird mißtrauisch* Ist der Generalissimus denn schon tot?
HERZOGIN Sie haben Goldbaum beigezogen.
KARDINAL Goldbaum? Himmel, Erde, Blitz und Meer. Mein Sohn, statt den Mann sterben zu lassen, pfuscht ein Jude in Gottes Plänen herum.
EXZELLENZ Der Generalissimus liegt im Koma.

KARDINAL Wenigstens das. Begnadigen Sie die sechs zum Tode Verurteilten. Sie sind arme, verirrte Schafe, blödsinnige Esel, aber es sind m e i n e Lämmer.
EXZELLENZ Unmöglich, Eminenz.
HOHEIT Exzellenz hat Ihr Vieh schon erschießen lassen.
KARDINAL Meine armen Brüder in Christo. *Trocken.* Mein Sohn, das kostet dich den Kopf.

Von rechts vorne kommen im Laufschritt zwei Soldaten mit einer Tragbahre und verschwinden links.

KARDINAL *stutzt* Gottver – was soll das?
EXZELLENZ Die alten Damen trampelten eine Gouvernante zu Tode, Eminenz.
KARDINAL Na und?
EXZELLENZ Sie sind außer sich vor Freude, daß der Generalissimus im Sterben liegt.
KARDINAL Sie sollten beten, nicht lauern. Zur Sache.

Alle setzen sich.

SALTOVENIA Santagate wäre in dieser Mannschaft komplett idiotisch.
EXZELLENZ Hoheit, Herzogin, Eminenz. Der Staat macht kritische Stunden durch. Die sechs Terroristen mußten erschossen werden.
HERZOGIN Erst im Morgengrauen.
HOHEIT Exzellenz gingen zu weit.
KARDINAL Glatter Mord.
EXZELLENZ Ich handelte im Interesse aller. Gelingt es, den Generalissimus zu retten, wäre das Leben der sechs Freiheitshelden ohnehin verloren gewesen. Stirbt

er, fällt der Staat der Partei zu oder der Monarchie, oder der Opposition. Die Herzogin von Valdopolo darf keine Schwäche zeigen und ihrem Vater an Unerbittlichkeit nicht nachstehen, will sie die Partei weiter führen. Sie wird froh sein, daß die Todesurteile noch zu Lebzeiten ihres Vaters vollstreckt wurden, sie müßte sie sonst selber anordnen. Auch die Herzogin von Saltovenia als zukünftige Königin wird die Vollstreckung der Todesurteile billigen. Das Regime hat sich damit vor der Welt bloßgestellt, und sie kann ihrem Volk eine mildere Herrschaft versprechen. Bleiben Eminenz. Die Kirche beschloß, in Opposition zu gehen. Sie wird die Exekution als Gelegenheit begrüßen, sich zu entrüsten. Schon heute werden Eminenz in der Kathedrale eine Totenmesse lesen.

Schweigen.

KARDINAL Und auf welcher Seite stehst du, mein Sohn?
EXZELLENZ Auf keiner, Eminenz. Es ist die Pflicht der Politik, die Arena für den Kampf um die Macht abzustecken. Als Ministerpräsident bin ich ein Dompteur von Bestien, nichts weiter.
KARDINAL Paß auf, daß wir dich nicht zerfleischen.
EXZELLENZ Berufsrisiko.

Die beiden Soldaten kommen aus dem Hintergrund links mit der Tragbahre, auf der eine Leiche liegt, und verschwinden rechts vorne.

KARDINAL Heiliger Bimbam! Was ist nun wieder?
EXZELLENZ Nur die zertrampelte Gouvernante.

KARDINAL Ach so.
VALDOPOLO Engagieren wir einen zweiten Brasilianer und schmeißen Kröse und Hornübel raus.
SALTOVENIA Ohne Kröse sind wir seelenlos.
KARDINAL Zum Kotzen, wie man Kröse überschätzt. *Stutzt.* Höllenhagel! Jetzt schwatze ich auch über Fußball. *Bekreuzigt sich* Patris et Filii et Spiritus Sancti. Jetzt habe ich wieder geflucht. Verdammt, verdammt, verdammt! Ich bin ein Bauernsohn, im Stroh aufgewachsen, ich fuhr in meiner Jugend Mist, die Ochsen waren nur durch Fluchen anzutreiben. Ich esse und trinke gern, ich bin ein sinnlicher Erdenkloß, das Zölibat lastet zentnerschwer auf mir, ich ertrage es, ohne mit der Wimper zu zucken, und bin imstande, den Busen einer schönen Frau zu betrachten, als wäre er ein nebensächliches Organ. Aber das Fluchen kann ich nicht lassen, das bricht aus mir hervor. Mit Urgewalt. Jesus läßt mich im Stich, es ist zum Rasendwerden.

Von rechts vorne rennen schwitzend die beiden Soldaten mit der Tragbahre quer durch den Thronsaal, gefolgt von zwei Gouvernanten mit Peitschen.

KARDINAL Wieder eine Gouvernante zertrampelt?
EXZELLENZ Offenbar.
KARDINAL Na schön, wenigstens habe ich nicht geflucht.
VALDOPOLO Santagate –
HERZOGIN Pepe! Wärst du ein Mann, wäre diese deutsche Adlige dubioser Abstammung längst außer Landes.
SALTOVENIA Neesenbeuil –
HOHEIT Joko! Sorge dafür, daß ich von der Enkelin eines

analphabetischen Artilleriegefreiten nicht mehr belästigt werde.

KARDINAL Friede, meine Töchter. Stirbt der Generalissimus, bricht der Bürgerkrieg aus, wenn wir nicht Vernunft annehmen. Wir brauchen eine Frist, sonst trudeln wir in den Abgrund. Ist auf den Juden Verlaß?

EXZELLENZ Ein Nobelpreisträger für Medizin.

Die beiden Soldaten durchqueren mit der Leiche der zweiten Gouvernante den Thronsaal von links hinten nach rechts vorn.

KARDINAL In nomine Patris et Filii et Spiritus Sancti. Amen. Ich will ja nicht verlangen, der Generalissimus müsse am Leben bleiben. Der Wille des Herrn möge geschehen. Was ich brauche, sind drei Wochen. Mehr benötigt die Kirche nicht, die zerstrittenen Parteien zu versöhnen. Drei Wochen, das wird der Nobelpreisträger ja wohl schaffen. Toll, mein Sohn, jetzt habe ich eine ganze Weile nicht geflucht, einfach toll. Kruzifix, der Jude kommt.

Von vorne links kommen die beiden Ärzte. Alle erheben sich, gespannt auf den Bericht.

GOLDBAUM Tee, bitte.

EXZELLENZ *in Sprechanlage* Tee.

HERZOGIN Nun?

GOLDBAUM Eine Magenresektion ist sinnlos.

EXZELLENZ Mein lieber Goldbaum –

GOLDBAUM Der Mensch ist zerbrechlich. Würde ich an einen Gott glauben, müßte ich ihn hassen, der Natur eine solche Stümperei durchgelassen zu haben, auch wenn es bloß ein vorläufiger Versuch zu etwas Besserem wäre.

KARDINAL Goldbaum, Sie stehen vor dem Kardinal.

GOLDBAUM Ich sehe es am Kostüm.

HOHEIT Vor Ihrer zukünftigen Königin.

HERZOGIN Vor der Tochter des Generalissimus.

EXZELLENZ Mein lieber Goldbaum, wir erwarten Ihren Befund.

GOLDBAUM Arkanoff hat recht. Entsetzlich. Na ja. Die arme Kreatur.

SALTOVENIA Gegen Leeds müssen wir angreifen.

GOLDBAUM Praktisch ein einziges riesiges Karzinom.

HERZOGIN Ich verlange eine neutrale Kapazität.

GOLDBAUM Zum Glück begünstigt die Gehirnblutung einen immerhin noch gnädigen Ausgang.

HOHEIT Wir sind nicht hier, um uns eine endlose Krankengeschichte anzuhören.

VALDOPOLO Sinnlos, wenn wir hinten nicht dicht halten.

EXZELLENZ Mein lieber Goldbaum, aus all dem dürfen wir offenbar schließen, die Lage sei zwar hoffnungslos, doch müsse mit einem plötzlichen Ableben nicht gerechnet werden.

GOLDBAUM Der Morgen graut. Der Generalissimus erlebt die Abenddämmerung nicht mehr.

KARDINAL Wann er stirbt, liegt in Gottes Hand. Wir Menschen haben nichts vorauszubestimmen.

James kommt.

JAMES Tee. *Serviert.*

GOLDBAUM Danke.

James ab.

GOLDBAUM Muß etwas zu mir nehmen. War scheußlich. *Trinkt.*

VALDOPOLO Santagate –

Der Kardinal verliert die Geduld.

KARDINAL Himmelherrgott, ich will kein Wort mehr über Fußball hören.

VALDOPOLO Eminenz reden mit dem Herzog von Valdopolo.

KARDINAL Ich rede mit einem Deppen.

HERZOGIN Eminenz beleidigen meinen Gatten.

KARDINAL Meine Tochter, dein Gatte ist ein Hornochse.

SALTOVENIA Hornübel heißt unser Mittelstürmer, Eminenz, Hornübel.

KARDINAL Ich rede nicht von Hornübel, ich rede von einem Hornochsen, genauer von zwei, wovon du der andere bist.

SALTOVENIA Sie stehen Auge in Auge dem zukünftigen Prinzgemahl gegenüber.

KARDINAL Unwahrscheinlich, mein Sohn.

HOHEIT Eminenz, die Monarchie legt auf die Zusammenarbeit mit der Kirche keinen Wert mehr. Schweig, Silvia.

KARDINAL Mir scheißegal, meine Tochter.

HOHEIT Kardinal, ich bin eine Staufe, und Sie haben mich mit ›Hoheit‹ anzureden, und – *Sie bemerkt Goldbaum, der sich, Tee trinkend, kurzsichtig und keine andere Sitzgelegenheit findend, auf den Thron gesetzt hat.* Gott der Allmächtige, jetzt sitzt der Jude auf dem Thron der Väter.

EXZELLENZ Bleiben Sie ruhig sitzen, mein lieber Goldbaum. Ich schlage vor, daß wir alle Platz nehmen.
KARDINAL Bitte.
HOHEIT Nur, wenn der Kardinal seine Invektiven zurücknimmt.
HERZOGIN Nur.
KARDINAL Nehme zurück.

Alle setzen sich wieder.

SALTOVENIA Den Ball laufen lassen, sag ich immer.
HOHEIT Und du schweigst einmal schön, ja. Und du auch, Silvia.
VALDOPOLO Mit hohen Flanken kommen wir Leeds nie bei.
HERZOGIN Und du ebenfalls.

Schweigen.

KARDINAL Mein Sohn, rede du.
EXZELLENZ Wir brauchen drei Wochen, mein lieber Goldbaum. Eine Frist von drei Wochen.
KARDINAL Vier.
EXZELLENZ Von vier Wochen.
GOLDBAUM Eine Frist?
EXZELLENZ Mein lieber Goldbaum, der Generalissimus darf erst in vier Wochen sterben.
GOLDBAUM Er stirbt heute abend. *Trinkt Tee.*
EXZELLENZ Sie sind Arzt, mein lieber Goldbaum.
GOLDBAUM Landarzt.
EXZELLENZ Wir bauten die modernste Intensivstation der Welt auf und einen Operationssaal, der jedem Anspruch genügt.

GOLDBAUM Und?

EXZELLENZ Wir verlangen vier Wochen Leben für den Generalissimus.

GOLDBAUM Bloß.

KARDINAL Bloß, Goldbaum. Mit Gottes Hilfe werden Sie es schaffen. Wir müssen uns einigen. Die Partei, die Monarchie, die Kirche und die Opposition, Goldbaum, die auf den Beistand des Episkopats zählen darf, steht doch der Heilige Vater sozialen Reformen aufgeschlossen gegenüber. Fünf Wochen, dann mag der Generalissimus das Zeitliche segnen. Fehlen uns diese sechs Wochen, droht der Bürgerkrieg.

GOLDBAUM Man verlangt von mir, ein Konzentrationslager einzurichten. *Trinkt den Tee aus.* Der Tee ist hier ausgezeichnet.

Schweigen.

KARDINAL Mein lieber Goldbaum, was soll dieser absurde Vergleich?

GOLDBAUM Kardinal, ich wurde im Konzentrationslager ohne Narkose operiert. Irgend jemand führte an mir ein wissenschaftliches Experiment durch. Auch den General müßte ich ohne Narkose operieren, eine Narkose würde ihn töten. Gewiß, er ist bewußtlos, aber wie tief bewußtlos und wie lange noch? Ich bin Arzt, Kardinal, kein Folterknecht wie jener Arzt, dem ich im Konzentrationslager in die Hände fiel. Ich weigere mich, Kardinal.

KARDINAL Sie enttäuschen mich maßlos, Goldbaum. Ich bin entsetzt. Sie gehen mit den Begriffen heillos um. Ein Konzentrationslager ist nicht ein Begriff von einer höheren Notwendigkeit, ein Konzentrationslager ist etwas Willkürliches, und so waren Ihre Leiden zwar schauerlich, aber willkürlich, während es sich bei der Intensivstation, in welcher der Generalissimus liegt, um etwas im höheren Sinne Notwendiges handelt, um ein Sinnbild – hm – der göttlichen Gnade. Als deren Instrument sollten Sie sich begreifen, Goldbaum, als das Instrument der göttlichen Gnade. Aber Sie verstehen mich nicht. Sie verstehen die göttliche Gnade nicht. Bei allen Teufeln, Goldbaum, das macht der gottverdammte konfessionelle Unterschied.

GOLDBAUM Möglich. Kardinal, tun Sie Ihre Pflicht als Christ. Gehen Sie zum Generalissimus mit Ihren Sakramenten. Er ist eine arme Kreatur, er tut mir leid. Beten Sie für ihn und lassen Sie ihn sterben. Glauben Sie mir, die Intensivstation, die Ärzte, die Krankenschwestern: sinnloses Theater. Darf ich noch um eine Tasse Tee bitten? Und ein Sandwich. Muß essen. Es ist alles schrecklich.

EXZELLENZ *in die Sprechanlage* Sandwich.

ARKANOFF Der Generalissimus ist ein Soldat.

EXZELLENZ Na und, Arkanoff?

ARKANOFF Er ist bereit, für das Vaterland zu leiden.

EXZELLENZ Sicher, Arkanoff.

ARKANOFF Exzellenz, ich übernehme den Fall.

Schweigen.

EXZELLENZ Tja, Arkanoff, Ihre Gesinnungsänderung kommt plötzlich.

ARKANOFF Ich bin Arzt, Exzellenz.

EXZELLENZ Ich sehe.

ARKANOFF Ich begreife mich als ein Instrument der göttlichen Gnade, wie Eminenz definiert haben.

EXZELLENZ Eine erhabene Definition.

ARKANOFF Ich machte in Rußland Schauerliches durch. Das Abendland muß gerettet werden.

KARDINAL Gott sei mit dir, mein Sohn Arkanoff, Gott sei mit dir.

ARKANOFF Beten Sie für mich, Eminenz.

KARDINAL Natürlich, Himmeldonner. Selbstverständlich. Bete, was das Zeug hält. Aber Sie garantieren uns, daß Generalissimus noch sieben, acht Wochen –

ARKANOFF Ich kämpfe mit Gott um sein Leben, Eminenz. Ich hoffe, ihn noch einige Jahre –

KARDINAL Übertrieben, Arkanoff.

HERZOGIN Eminenz, wenn Arkanoff mit Gott für Papa kämpft –

KARDINAL Die Gnade des Himmels, meine Tochter, darf nicht übermäßig strapaziert werden. Neun Wochen genügen.

EXZELLENZ Bedingungen, Arkanoff?

ARKANOFF Dreißig Ärzte, fünfzig Krankenschwestern.

EXZELLENZ Gut.

ARKANOFF Gnägelmann aus Zürich und Goethel aus Berlin.

EXZELLENZ Schön. Vier Uhr neun. Die Frist beginnt abzulaufen. Sekunde um Sekunde, und wir wissen nicht, wie lange sie währt.

James kommt mit einigen Sandwiches.

JAMES Sandwich.

GOLDBAUM Der Appetit ist mir vergangen.

James mit Sandwiches ab.

GOLDBAUM Entsetzlich. Grauenhaft. Der arme Mensch. Ich verabscheue ihn und er dauert mich. Wie viele unsägliche Leiden seinetwegen. Wie viele Tote, wie viele Witwen, wie viele Waisen, wie viele Eingekerkerte, wie viele Verbannte. Wieviel Haß hat sich aufgestaut, wieviel Rache brütet, wieviel Morde werden noch geplant. Das Land ein einziges giftiges Schlangennest. Seinetwegen. Alles seinetwegen. Die arme Kreatur. Nun muß sie selber Unsägliches leiden. Wozu? Damit jene, die sich an der Macht gemästet haben, weiter an der Macht bleiben können. Die arme Kreatur.

KARDINAL Reden Sie nicht immer von der ›armen Kreatur‹. Ich bin hier der Christ.

GOLDBAUM *erhebt sich* Ich möchte gehen.

EXZELLENZ *telefoniert* John. *Legt auf.* Mein lieber Goldbaum, Sie sind mein Gast.

GOLDBAUM Ich verstehe: Ihr Gefangener.

Der Sekretär kommt von hinten rechts.

JOHN Darf ich bitten.

GOLDBAUM Gehen wir. Arkanoff, Sie sind ein Schwein.

Geht mit dem Sekretär hinten rechts ab, ohne die anderen eines Blickes zu würdigen.

HOHEIT Scheußlicher Kerl. Schweig, Silvia.

SALTOVENIA Santagate fehlt der letzte Pfiff.

HERZOGIN Zu denken, daß Papa beinahe in die Hände

eines Quacksalbers gefallen wäre und heute abend sterben müßte.

VALDOPOLO Neesenbeuil hat keinen Torriecher.

HOHEIT Exzellenz, ich denke, es ist alles in Ordnung.

EXZELLENZ Vollkommen, Hoheit.

HOHEIT Kommt, Joko und Silvia. Gehen wir schlafen. *Erhebt sich.* Diese überflüssigen nächtlichen Sitzungen bringen mich noch um. Schweig, Silvia.

SALTOVENIA *erhebt sich* Neesenbeuil wird engagiert.

HOHEIT Auf bald, Liebste.

HERZOGIN Auf bald, Süße.

Hoheit, Saltovenia und Silvia rechts vorne ab. Die Herzogin pudert sich.

HERZOGIN Im Kampf um die Hauptstadt zuckte Papa mit keiner Wimper, beim Endsieg lächelte er kaum, und jetzt nimmt er mit der gleichen Selbstverständlichkeit den Kampf mit der Krankheit auf. *Erhebt sich.* Ich danke Ihnen, Arkanoff, Sie haben nicht versagt. Komm Pepe.

Der erhebt sich ebenfalls, gedankenverloren.

VALDOPOLO Engagiert er Neesenbeuil, trete ich aus dem Verein aus.

Herzogin und Valdopolo rechts vorne ab.

KARDINAL Narren.

EXZELLENZ Wir haben mit ihnen zu rechnen.

KARDINAL Wir haben mit dem Chef des Geheimdienstes zu rechnen.

EXZELLENZ Er entscheidet.

KARDINAL Auf welche Seite wird er sich schlagen?

EXZELLENZ Bitte. *Überreicht ihm die Mappe.* Studieren Sie ihren Inhalt, Eminenz. *Bemerkt Arkanoff* Arkanoff, Sie stehen ja immer noch herum.

KARDINAL Beim heiligen Strohsack! Mein Sohn Arkanoff, mach dich an die Arbeit, sonst schaffst du die zehn Wochen nie.

ARKANOFF Ich brauche ein Herz.

KARDINAL Ein – was?

ARKANOFF Ich muß beim Generalissimus eine Herztransplantation vornehmen.

EXZELLENZ Einverstanden.

ARKANOFF Um anschließend die Magenresektion wagen zu können.

KARDINAL Dann los!

ARKANOFF Ich habe kein Herz.

KARDINAL Donner und Doria! Wozu hat denn Exzellenz die sechs Terroristen erschießen lassen?

ARKANOFF Ich brauche das Herz eines Sterbenden.

KARDINAL Herrgottsdonner! Telefoniere in den Spitälern herum!

Schweigen.

EXZELLENZ Sie sollen Ihr Herz bekommen, Arkanoff.

ARKANOFF Es eilt, Exzellenz. *Ab.*

KARDINAL Himmel, Arsch und Wolkenbruch, dieser Materialist wird unverschämt. Gott der Herr, jetzt habe ich wieder geflucht. Mein Sohn, fluchte ich in der letzten Zeit oft?

EXZELLENZ Ziemlich.

KARDINAL Verdammt, verdammt, verdammt. Wir leben in einer schlimmen Welt. Ich glaube an Gott Vater, Gott Sohn und den Heiligen Geist, an die Sakramente und die heilige Kirche. Ich weiß, es klingt absurd aus dem Munde eines Kardinals. Aber manchmal, in Momenten wie jetzt, ich weiß nicht, habe ich das Gefühl, Gott der Herr Zebaoth interessiere sich nicht sonderlich für die Menschen. Was dieser Jude über das Konzentrationslager sagte, dieser Vergleich, den er zog, sogar Arkanoff wurde totenbleich. Gewiß, der Nobelpreisträger ist kein Christ, er lebt nicht in der Wahrheit, aber er hat recht, mein Sohn, ich fühle es. Ich kann mit meiner ganzen Logik auffahren und den Juden vom Tisch fegen, aber was logisch ist, ist noch lange nicht wirklich, und in Wirklichkeit richten wir hier doch ein Konzentrationslager ein, um das Leben eines jämmerlichen Diktators zwölf Wochen zu verlängern – wenn möglich dreizehn, weil uns die politischen Umstände zwingen. Und jetzt brauchen wir noch ein frisches Herz.

EXZELLENZ Läßt sich liefern.

KARDINAL Aber wie?

Exzellenz schweigt.

KARDINAL Mein Sohn, mein Sohn, ich bete zu Gott, daß dir nichts Schreckliches vorschwebt. Laß meinen Chorknaben kommen.

EXZELLENZ *in die Sprechanlage* Chorknabe. *Stellt ab.*

KARDINAL Makaber. Nachdem ich den Generalissimus dieser Hölle ausgeliefert habe, bleibt mir nichts anderes übrig, als ihn mit den heiligen Sakramenten auszustatten.

Der Chorknabe kommt von rechts vorne.

KARDINAL Ein Bauernflegel wie ich. Zwölfjährig, und schon von der Großstadt versaut. Deus meus, Deus meus ut quid dereliquisti me?

Geht mit dem Chorknaben feierlich links vorne ab, vergißt auf dem Sessel die Aktentasche, die ihm Exzellenz überreicht hatte. Exzellenz allein.

EXZELLENZ *in die Sprechanlage* Die Bahre bereitstellen. *Schweigen.* Möller kann reinkommen. *Stellt ab. Setzt sich hinter den Schreibtisch.*

Von rechts vorne Möller.

MÖLLER Exzellenz. *Setzt sich in den Sessel mit der Aktentasche für den Kardinal, die er neben den Sessel stellt.*

EXZELLENZ Ich machte verwirrende Augenblicke durch, Möller.

MÖLLER Wurden Sie wieder von einem Bauern bedroht?

EXZELLENZ Unser Nostromanni spielte seine Rolle phantastisch.

MÖLLER Leider war die Regie mangelhaft.

EXZELLENZ Seine Eminenz erschien überraschend.

MÖLLER Da Exzellenz die Herzogin und Ihre Hoheit informierten, war das Erscheinen des Kardinals unvermeidlich. Exzellenz ziehen Ihre Fäden. Allerhand. Exzellenz beherrschen die klassischen Sprachen. Exzellenz sind ein blendender Mathematiker. Exzellenz spielen bisweilen ganz passabel Schach. Ich dagegen machte das falsche Abitur – es reichte gerade noch

– und lege Patiencen statt Kreuzworträtsel zu lösen. So kam ich schnell genug darauf, was Exzellenz mit den Hesperiden meinten. Ihre goldenen Äpfel stammen ja schließlich von goldenen Bäumen.

EXZELLENZ Sie lernten hinzu, Möller.

MÖLLER Dafür haben Exzellenz nun Goldbaum.

EXZELLENZ Sonst hätten Sie ihn.

MÖLLER Exzellenz dürfen ihn mir ruhig überlassen. Goldbaum ist nicht der Arzt, den Exzellenz brauchen.

EXZELLENZ Im Bilde, Möller.

MÖLLER Routine, Exzellenz.

EXZELLENZ Informierte Sie die Herzogin?

MÖLLER Sicher nicht ihr Gatte.

EXZELLENZ Ich sah immer voraus, Möller, daß Sie sich auf die Seite der Partei schlagen würden.

MÖLLER Mein Gott, auf welche Seite soll ich mich denn sonst schlagen? Es ist keine Kunst vorauszusehen, was nicht anders geschehen kann. Ihre Diplomatenkunststücke imponieren mir wenig. Es kommt nicht darauf an, auf welche Seite man sich schlägt. Es kommt darauf an, ob man zuschlägt. Ich schlug zu, Exzellenz.

EXZELLENZ Gespannt.

MÖLLER Exzellenz sind verhaftet.

EXZELLENZ Toll, Möller.

MÖLLER Die Herzogin ordnete diese Maßnahme auf meinen Vorschlag im Namen der Partei der Nationalen Revolution an.

EXZELLENZ Himmeldonnerwetter! *Lacht.* Jetzt beginne ich auch noch zu fluchen wie der Kardinal.

MÖLLER Der wird sich hinfort mehr dem Gebet widmen. Ihr kunstvolles Netz war zu fein gesponnen. Das

Geheimnis des Studenten, mit welchem Exzellenz sich bisweilen über Astronomie zu unterhalten pflegten, löste ich übrigens auch.

EXZELLENZ Machen Sie von diesem Geheimnis Gebrauch?

MÖLLER *lacht* Wenn es notwendig sein wird. Exzellenz begingen zwei Fehler. Erstens schufen Sie in einer undurchsichtigen Lage ein unnötiges Faktum: Sie ließen die sechs Terroristen erschießen.

EXZELLENZ Na und?

MÖLLER Exzellenz, Sie sind von einer köstlichen Naivität. Ich gab die Nachricht vom Zustand des Generalissimus frei, samt dem genauen Datum der Erkrankung. Damit sind Sie in den Augen der Weltöffentlichkeit für die Erschießung verantwortlich.

EXZELLENZ Oder Sie, Möller.

MÖLLER Kaum. Der offizielle Grund, daß ich Sie verhaftet habe, wird Ihr Befehl sein, die Terroristen zu erschießen.

EXZELLENZ *lacht* So leicht ist es, mich zu stürzen.

MÖLLER Kinderleicht. Die Staatssicherheitstruppe ist aufgelöst, die Sie sich so mühsam aufbauten. Zu meiner Belustigung, offengestanden.

EXZELLENZ Außer John waren alles Ihre Leute.

MÖLLER Exakt, Exzellenz.

EXZELLENZ Und John verhaften Sie wohl auch?

MÖLLER Ebenfalls.

EXZELLENZ Mit Goldbaum?

MÖLLER Ich räume auf.

EXZELLENZ Mein zweiter Fehler?

MÖLLER Sie ließen sich mit mir ein, ohne die taktischen Bedingungen dieses Kampfes zu untersuchen.

EXZELLENZ Die wären?
MÖLLER Sie mußten Zeit gewinnen, und ich hatte keine zu verlieren, Exzellenz.
EXZELLENZ Ich sehe.
MÖLLER Schachmatt.
EXZELLENZ Offenbar.
MÖLLER Am besten, Sie folgen mir unauffällig.
EXZELLENZ Was haben Sie vor?
MÖLLER Man erwartet Sie.
EXZELLENZ Oh.
MÖLLER Das Erschießungskommando steht im Hof der Kaserne bereit.
EXZELLENZ Fix.
MÖLLER Die Herzogin von Valdopolo wohnt mit ihrem Gatten der Exekution bei.
EXZELLENZ Deshalb kamen sie im Reitkostüm.
MÖLLER Noch jemand kommt.
EXZELLENZ Der Herzog von Saltovenia.
MÖLLER Ich bewundere Ihren Scharfsinn.
EXZELLENZ Sie kauften ihm Neesenbeuil.
MÖLLER Für Fußball tut der Herzog alles.
EXZELLENZ Darf ich mir noch einen Bordeaux erlauben?
MÖLLER Bitte, Exzellenz.
EXZELLENZ Auch ein Glas?
MÖLLER Ich trinke keinen Alkohol.
EXZELLENZ Vergesse ich immer. *In die Sprechanlage* Den Bordeaux. *Stellt ab.* Ihre Gesundheit, Möller?
MÖLLER Eisern.
EXZELLENZ Ihr Herz?
MÖLLER Was kümmert Sie das, Exzellenz?
EXZELLENZ Ich meine ja nur.

MÖLLER Arkanoff brummte bei der letzten Untersuchung, ich besäße das Herz eines Zwanzigjährigen.
EXZELLENZ Großartig, Möller, großartig.

Von vorne rechts bringt James eine Flasche Bordeaux mit zwei Gläsern.

EXZELLENZ Auf den Schreibtisch.

James ab.

EXZELLENZ Lafite 47.
MÖLLER Sonst trinken Exzellenz nur Kognak.
EXZELLENZ Kognak trinke ich, wenn es Ärger gibt. *Gießt sorgfältig ein.* Sie begingen bloß e i n e n Fehler, Möller. *Trinkt.* Nicht gar zwei wie ich.
MÖLLER Ach.
EXZELLENZ Ein Kardinal läßt sich nicht so leicht beseitigen, wie Sie mich beseitigt haben.
MÖLLER Die Kirche ist eine irrationale Größe. Es fällt mir nicht ein, den Kardinal anzutasten.
EXZELLENZ Das werden Sie sich noch überlegen.
MÖLLER Ich bin nicht wahnsinnig.
EXZELLENZ Als Opfer der Nazis?
MÖLLER Na?
EXZELLENZ Als Holländer?
MÖLLER Und?
EXZELLENZ Wir spielen Schach, Möller.

Schweigen.

EXZELLENZ Ihr Stellungsspiel ist schlecht.

MÖLLER Der Kardinal hat politisch ausgespielt.
EXZELLENZ Und wenn er bestimmte Informationen bekommen hätte?
MÖLLER Die müßten schon eigenartig sein.
EXZELLENZ Über Sie zum Beispiel.
MÖLLER Gibt es keine.
EXZELLENZ Na ja.
MÖLLER Genauer?

Schweigen.

EXZELLENZ Halt so.

Schweigen.

EXZELLENZ Er weiß vielleicht etwas über Ihre Vergangenheit, Möller.
MÖLLER Ich war holländischer Widerstandskämpfer.
EXZELLENZ Möglicherweise.
MÖLLER Bewiesenerweise.
EXZELLENZ Glücklicherweise.
MÖLLER *kapiert plötzlich* Glauben Sie?
EXZELLENZ Was denn?
MÖLLER Daß der Kardinal –
EXZELLENZ Sie haben es zu spät begriffen.
MÖLLER Verstehe.
EXZELLENZ Tut mir leid.

Schweigen.

MÖLLER Weiß der Kardinal alles?
EXZELLENZ Alles.

Schweigen.

MÖLLER Deshalb.
EXZELLENZ Deshalb.
MÖLLER Nun ja.
EXZELLENZ Unumgänglich.
MÖLLER Wenn es soweit ist –
EXZELLENZ Nun doch ein Glas Siebenundvierziger?
MÖLLER Eigentlich ja.

Exzellenz schenkt ein.

EXZELLENZ Auf Ihr Wohl! *Trinkt ihm zu.*
MÖLLER Darf ich telefonieren?
EXZELLENZ Bitte.
MÖLLER *telefoniert* Möller. Oberst, das Kommando ist aufgelöst. *Legt auf. Setzt sich wieder.* Seit wann ist der Kardinal informiert –?
EXZELLENZ Unerheblich.
MÖLLER Eigentlich schon.
EXZELLENZ Wenn Sie die Freundlichkeit hätten, mir meine Aktentasche –

Möller reicht Exzellenz die Aktentasche.

MÖLLER Bitte.

Exzellenz verschließt sie im Schreibtisch.

MÖLLER Exzellenz – Exzellenz, ich weiß – ich weiß, wer mich – na ja, das ist ja auch gleichgültig.
EXZELLENZ Spielt keine Rolle mehr.

MÖLLER Weiß es auch Ihre Hoheit?
EXZELLENZ Geben Sie das Spiel verloren.
MÖLLER *stürzt sein Glas hinunter* Zeit zum Saufen. Noch einen.

Exzellenz schenkt ihm ein.

MÖLLER Noch einen.

Exzellenz schenkt ihm ein.

MÖLLER Hat gut getan. *Schmeißt das Glas nach hinten.*

Von links vorne Arkanoff.

ARKANOFF Ein Herz, Exzellenz.
EXZELLENZ Weiß.
ARKANOFF Wir warten, Exzellenz.
EXZELLENZ Sofort, Arkanoff.
ARKANOFF Es eilt, Exzellenz. *Ab.*
EXZELLENZ *telefoniert* John, alarmieren Sie das Fernsehen. Es soll mit allen Kameras anrücken. *Legt auf.*
MÖLLER Was geht hier vor?
EXZELLENZ Den Generalissimus rettet nur noch eine Herztransplantation. *Legt vor Möller einen Revolver.*
MÖLLER Und ich wunderte mich, weshalb Sie sich so sehr für meine Gesundheit interessierten.
EXZELLENZ Ich bin froh, daß Sie vor Gesundheit strotzen.

Schweigen.

MÖLLER Ich bin müde. *Nimmt den Revolver.* Ich muß mich hinlegen. *Erhebt sich.* Nun ja.

EXZELLENZ Zeit, schlafen zu gehen.
MÖLLER Sie spielten mir übel mit.
EXZELLENZ Wir schenkten uns beide nichts.
MÖLLER Ich war der mächtigste Mann im Staat.
EXZELLENZ Ich bleibe der verhaßteste.

Möller geht schwankend hinter den Paravent.
Von links vorne der Kardinal mit dem Chorknaben.

KARDINAL Der Generalissimus ist zu sich gekommen. Ich gab ihm die Letzte Ölung. Er starrte mich mit großen Augen an. Arkanoff wird die Transplantation ohne Narkose vornehmen müssen, sie würde sonst den Tod bedeuten. Quoniam venit dies magnus irae ipsorum: et quis poterit stare?

Ein Schuß.

KARDINAL Herrgott, verflucht noch mal!

Der Paravent fällt um, auf der Couch liegt Möller, tot.

KARDINAL Möller.

Exzellenz geht ruhig hin, schaut, wendet sich dann an den Kardinal.

EXZELLENZ Er schoß sich durch die Schläfe.
KARDINAL Pater noster, qui es in coelis.
EXZELLENZ Der Puls ist noch spürbar.
KARDINAL Sanctificetur nomen tuum.
EXZELLENZ Er opferte sich für den Generalissimus.

KARDINAL Das Fluchen ist mir vergangen.

Exzellenz geht zum Schreibtisch zurück.

EXZELLENZ *in die Sprechanlage* Die Bahre.
EXZELLENZ *telefoniert* Arkanoff, das Herz können Sie jetzt haben.
KARDINAL Mein Sohn.
EXZELLENZ Eminenz?
KARDINAL Die Aktentasche?
EXZELLENZ Ach?
KARDINAL Ich ließ sie hier stehen.
EXZELLENZ Sie irren sich, Eminenz.

Von rechts vorne eilen zwei Soldaten herbei, legen Möller auf die Bahre.

EXZELLENZ In die Intensivstation.
KARDINAL *schaut zu, nachdenklich* Ich glaube nicht, daß Möller ein besonders eifriger Sohn unserer Kirche war.

Aus dem Hintergrund grinsen blutverschmiert die Unsterblichen.

EXZELLENZ Er war Protestant.
KARDINAL Er verdient trotzdem mein Gebet. *Betet.* Adveniat regnum tuum. Fiat voluntas tua sicut in coelo et in terra. Ich denke das genügt.

Die Soldaten mit Möller links hinaus.

KARDINAL Die Weiber kommen. Auch sie sind meine

Töchter, aber der Himmel wird mir verzeihen, wenn ich mich nicht mehr um ihr Seelenheil kümmere.

Der Chorknabe starrt den Unsterblichen gebannt entgegen.

KARDINAL Raus mit dir, Schweinigel.

Chorknabe rennt nach rechts hinaus.

EXZELLENZ Gehn wir schlafen, Eminenz.
KARDINAL Gehn wir schlafen, mein Sohn.

Exzellenz rechts vorne mit Kardinal ab. Die Unsterblichen drängen sich in den Saal, füllen ihn.

ROSAROSA Da – da.
ROSA Dadadada.
ROSANEGRA Felipe!
ROSABLANCA Felipito!
ROSALAURA Die Ärzte kommen, die Ärzte.
ROSAFLORA Mit Messerchen, mit scharfen Messerchen.
ROSABERTA Ich will einen Mann zwischen den Beinen.
ROSA Dadadada.
ROSABERTA Einen Mann, einen Mann zwischen den Beinen.
ROSA Da – da.
ROSAGRANDE Dein Sterben wird enorm sein. Man wird dein Herz herausschneiden, deine Zunge, deine Lunge, deinen Magen, deine Hoden, alle deine Organe.
DIE UNSTERBLICHEN Alle, alle.
ROSAGRANDE Du wirst verstümmelt werden.

DIE UNSTERBLICHEN Verstümmelt, verstümmelt.
ROSAGRANDE Ausgeweidet.
DIE UNSTERBLICHEN Ausgeweidet, ausgeweidet.
ROSAGRANDE Du wirst die Stunde deiner Geburt verwünschen, tagelang, wochenlang.
DIE UNSTERBLICHEN Tagelang, wochenlang.
ROSAGRANDE Weil du ein Mann bist und kein Weib.
DIE UNSTERBLICHEN Ein Mann und kein Weib.
ROSAROSA Gu – gus.
ROSA Dadadada.
ROSABELLA Verflucht seist du, den ich gebar. Du hast die Welt besudelt.
DIE UNSTERBLICHEN Besudelt, besudelt.
ROSAGRANDE Besudelt, wir sind alle besudelt, vom Manne besudelt. Und dieser Gott da droben, dieser Götze in seiner Unendlichkeit hat es zugelassen. Aber er stirbt, er verurteilt sich selber am Jüngsten Tag, weil er ein Mannsgott ist und weil er die Männer erschaffen hat, und fährt mit ihnen zur Hölle. Dann wird nur noch ein Geschlecht sein, ein Weltall voll Weiber.
ROSA Dadadada.
ROSABERTA Einen Mann.
ROSAROSA Da – da.
ROSABERTA Einen Mann zwischen den Beinen.

Die beiden Soldaten eilen mit der leeren Bahre von links, an den Unsterblichen vorüber, rechts hinaus.

Zweiter Teil

Vier Wochen später. Der Thronsaal hat sich auf eine gespenstische Weise verändert. Es ist, als hätte sich vor das alte Bild ein neues Bild geschoben, durch welches das alte schimmert. Zwar sind die alten Möbel noch da, auch der Sandsteinthron, der Schreibtisch, die Couch hinter dem Paravent, doch nun ist eine technische Welt eingebrochen; einerseits die medizinische: überall Mattscheiben mit Röntgenbildern, Kontrollapparate, Ärzte, haufenweise Krankenschwestern, einige von ihnen verschwinden mit einem oder gar zwei Medizinern bisweilen hinter dem Paravent, andrerseits hat sich das Fernsehen breitgemacht: Scheinwerfer, Kabel, Kameras, Techniker. Vor dem Publikum sind an der Rampe einige Fernsehapparate aufgestellt, mit der Mattscheibe gegen die Bühne. Zu Beginn des zweiten Teils ist eine Massenszene bei ständigem Lichtwechsel. Zwar ist der Lüster nun erloschen, dafür leuchten die Scheinwerfer. Wer vom immer noch lebenden, schwer leidenden Generalissimus kommt oder zu ihm geht, wird von Fernsehkameras verfolgt; dann ist das Licht gleißend. Wer hineingeht, wird geschminkt, wer herauskommt, wird abgeschminkt. Wo dies geschieht, Probleme der Regie, nicht meine, am besten je nach Notwendigkeit der Bühne. Die Mattscheiben der Röntgenfotos dagegen und die Herz- und Hirnüberwachungsapparate werfen ein – gegenüber den Scheinwerfern – geradezu humanes Licht. Zu Beginn sind der Herzog von

Saltovenia und der Herzog von Valdopolo immer noch mit Fußball beschäftigt. Sie sitzen links vorne, unter der Zentnerlast ihrer Orden fast zusammenbrechend, eng zusammengerückt und nehmen in einem Zuber ein gemeinsames Fußbad. In der Mitte, auf dem Kanapee, räkeln sich die Professoren Goethel und Gnägelmann, zwei dicke Kolosse in grüner und blauer Chirurgentracht. Goethel mit Schmissen und Glatze, Gnägelmann mit gewaltiger Hornbrille und kurzgeschnittenem rotem Haar. Bisweilen sprechen sie Dialekt, doch sonst reines Deutsch. Um die beiden Professoren herum haben sich Champagnerflaschen angesammelt. Vor dem Schreibtisch sitzt untröstlich der Erzbischof im roten Kardinalsgewand, ein prachtvoller Bariton, sein linkes Bein und sein Kopf verbunden, die Mitra auf einem Stuhl. Hinter dem Schreibtisch läßt sich Exzellenz von James einseifen. Ferner irgendwo im Hintergrund der Staatssekretär Sebulon.

ERZBISCHOF *stöhnt* Unser Kopf.

EXZELLENZ Was brauchten Sie auch zu den Klapperschlangen hineinzustürmen, Erzbischof.

ERZBISCHOF Um mit den alten Damen für den Generalissimus zu beten.

EXZELLENZ Die schäumen vor Wut, weil er noch nicht gestorben ist. Genug eingeseift, James.

ERZBISCHOF Die Unseligen stürzten sich Harpyien gleich auf uns. *Stöhnt* Unser Bein.

EXZELLENZ Zum Glück mangelte es nicht an Ärzten, Sie zusammenzuflicken.

Aus dem Fernsehgerät die Stimme des betenden Nostromanni.

NOSTROMANNI Pater noster, qui es in coelis: sanctificetur nomen tuum.

ERZBISCHOF Aufhören!

EXZELLENZ Warum denn, Erzbischof, Nostromanni assistiert dem Kardinal hervorragend. Er spielt ihn an die Wand.

ERZBISCHOF Einhalten!

NOSTROMANNI – Adveniat regnum tuum. Fiat voluntas tua, sicut in coelo et in terra –

EXZELLENZ Nostromanni ahmt Sie täuschend nach, Erzbischof.

ERZBISCHOF Schluß damit!

EXZELLENZ Er lispelt wie Sie.

ERZBISCHOF Auf der Stelle verbieten! Sofort abbrechen!

EXZELLENZ Ton abstellen, Sebulon.

SEBULON Ton abstellen.

Goethel erwacht, als der Ton abgestellt wird.

GOETHEL Wat brüllt det Männeken?

GNÄGELMANN *erwacht* I verschtoh ne nöd. I verschtoh nüt.

GOETHEL Was gurgeln Sie da, Collega?

GNÄGELMANN Entschuldigung, nämlich ich habe Dialekt gesprochen. Eigentlich Mittelhochdeutsch, sprachhistorisch gesehen.

GOETHEL Interessant, Collega. Prösterchen. *Trinkt Gnägelmann zu.*

GNÄGELMANN Prost.

ERZBISCHOF Eine Blasphemie!

GOETHEL Hat sich der Gottesmann immer noch nicht abgeregt?

ERZBISCHOF Das Sterben eines Menschen wird verhöhnt.

GNÄGELMANN Ich verstehe die Landessprache nicht, Collega Goethel.
ERZBISCHOF Die heiligen Sakramente werden mißbraucht.
GOETHEL Skandal. Von Deutsch hat niemand einen blassen Schimmer.
GNÄGELMANN Deutsch ist keine Weltsprache mehr.
ERZBISCHOF Unsere heilige Kirche wird lächerlich gemacht.
GOETHEL Gnägelmann, Gnägelmann, unsagbar, wo wir kulturell gelandet sind: Goethe und Thomas Mann sprachen noch ein Deutsch, das verstand der Kosmos. Da waren wir noch die geistige Weltmacht kat'exochēn.
GNÄGELMANN Prost.
GOETHEL Prösterchen.

Sie schlafen wieder ein.
Inzwischen beginnt James, Exzellenz zu rasieren.

EXZELLENZ James, du gehst heute brutal mit mir um. Ich bin nicht der Generalissimus, und du bist kein Mediziner.

James wetzt das Messer noch einmal.

ERZBISCHOF Exzellenz, Wir leugnen die Notwendigkeit dieser täglichen Fernsehreportagen ja nicht.

Sebulon erhebt sich im Hintergrund.

SEBULON Die sensationellste Live-Übertragung seit der ersten Mondlandung. Nur ergreifender.
ERZBISCHOF Wir bitten, nicht unterbrochen zu werden.

SEBULON Verzeihung.

EXZELLENZ Reden Sie weiter, Erzbischof, aber nur nicht aufregen: Hauptsache, daß James mich nicht schneidet.

ERZBISCHOF Exzellenz, Wir bestreiten es nicht: Das Volk ist ergriffen mitzuerleben, wie ein Christ mit dem Tode ringt – und der Generalissimus ist ein Christ, das hat er stets betont. Wenn aber die Massenmedien den einsamen Kampf eines Menschen mit seinem Schöpfer manipulieren und neben dem Kardinal einen Schauspieler Unserer Maske –

EXZELLENZ Kein Grund. Niemand manipuliert. Der Generalissimus leidet echt.

ERZBISCHOF Aber Wir, Exzellenz, Wir sind nicht echt! *Stöhnt.* Unser Bein!

GNÄGELMANN *wacht auf* Was den Kirchenvater wohl jetzt wieder in Rage bringt?

ERZBISCHOF Unser Kopf! *Beginnt verzweifelt herumzuhumpeln.*

GOETHEL *wacht auf* Ick jloobe, det Männeken betet inbrünstig.

GNÄGELMANN Scheint nicht an uns Ärzte zu glauben.

GOETHEL Unlogisch, Collega. Wer an Gott glaubt, glaubt auch an die Medizin. Drehen Sie mal den Knopf, Gnägelmann, ob der Generalissimus noch so schön stöhnt.

Gnägelmann dreht an einem Apparat. Durch einen Lautsprecher kommt Stöhnen.

GOETHEL Stöhnt eindrucksvoll, Gnägelmann. Tönt prachtvoll.

GNÄGELMANN Und das nach mehr als drei Wochen.

GOETHEL Kammerkomplex phänomenal.

GNÄGELMANN Nach einer Herztransplantation und einer Magenresektion.

GOETHEL Chapeau. T-Wellen göttlich.

GNÄGELMANN Nach der Amputation beider Beine –

GOETHEL War eigentlich unnötig, Collega.

GNÄGELMANN Arkanoff bestand darauf.

GOETHEL Er wollte selber mal glänzen.

GNÄGELMANN Die künstliche Niere zeigt wieder einmal, was sie kann.

GOETHEL Hilft auch. Aber am meisten hilft der Glaube, Collega, der Glaube. Weil der Generalissimus stockkatholisch ist, hält er durch. Wir zwei Atheisten wären längst im Nirwana. Bin neugierig. Wenn sich der geistliche Rummel verzieht, na, greif ich heute abend mal ein bißchen ein, Collega, unter uns geflüstert. Ich nehme eine kleine Leberprobe vor. Zwar auch nicht nötig, aber nun, einen Helden haben wir nicht jeden Tag unter dem Messer.

Der Erzbischof hat einen Blick hinter den Paravent geworfen.

ERZBISCHOF Nein! Nimmermehr!

GOETHEL Jetzt jault der Gottesmann aber mächtig auf.

ERZBISCHOF Gott, erbarme dich unser!

GOETHEL Pathetisch, die Brüder, was? Prösterchen.

GNÄGELMANN Prost.

Beide schlafen wieder ein. Im Lautsprecher weiter Stöhnen. Der Erzbischof kommt nach vorn.

ERZBISCHOF Exzellenz! Auf diesen Palast konzentrieren sich die Gebete der Nation, und Wir sind ihrer unwürdig.

EXZELLENZ Wie gehen Sie denn bloß wieder mit Ihren Nerven um, Erzbischof? Wenn Nostromanni Sie aufregt, werfen Sie doch einfach keinen Blick mehr auf den Bildschirm.

ERZBISCHOF Wir warfen keinen Blick auf den Bildschirm, Wir warfen einen hinter den Paravent.

EXZELLENZ Und?

ERZBISCHOF Ein Arzt kopuliert mit einer Krankenschwester.

EXZELLENZ Nun? Dreißig Ärzte und an die fünfzig Krankenschwestern versuchen mit allen medizinischen Künsten, unseren armen Generalissimus wieder aufzumuntern, und da sollten sich keine menschlichen Bedürfnisse regen?

Nun regen sich die beiden Herzöge hinter ihren Fußballzeitungen.

VALDOPOLO Champagner.

SALTOVENIA Burgunder.

Der Diener hinter ihnen gießt eine Flasche Champagner und eine Flasche Burgunder in ihr Fußbad.

VALDOPOLO Leeds gewann in Leeds vier zu null.

SALTOVENIA Vier Abseitstore.

VALDOPOLO Kröse spielte wie ein Amateur.

SALTOVENIA Hornübel übernahm eine Flanke knallhart, direkt.

VALDOPOLO Fünf Meter darüber.
SALTOVENIA Streifte die Latte.
EXZELLENZ James, du bist heute außer Form.

Aus dem Lautsprecher stöhnt es weiter.

ERZBISCHOF Für anderes als Unzucht und Fußball scheint sich hier niemand zu interessieren. Wir leiden Höllenqualen. Wer stöhnt denn da?
EXZELLENZ Der Generalissimus. Er leidet Höllenqualen.
ERZBISCHOF Abstellen. Das Stöhnen abstellen.
EXZELLENZ Sprechen Sie Deutsch, Erzbischof?
ERZBISCHOF Nein.
EXZELLENZ Ich auch nicht. Die beiden medizinischen Kapazitäten sprechen nur Deutsch. Sie drehten das Stöhnen an.

Der Erzbischof geht zu den beiden Medizinern.

ERZBISCHOF Abstellen!

Die beiden erwachen.

GNÄGELMANN He?
GOETHEL Nu?
ERZBISCHOF Stöhnen abdrehen. Nicht stöhnen.
GOETHEL Was will der Kirchengeneral?
GNÄGELMANN Sich bedanken, daß wir ihn wiederhergestellt haben. Riesige Weiber da hinten.
GOETHEL Nähten vier Stunden an ihm herum.
ERZBISCHOF Stöhnen abdrehen. Stöhnen abdrehen.
GNÄGELMANN Stellen wir uns vor.

GOETHEL Professor Doktor Karl Erich Goethel, Berlin.
GNÄGELMANN Professor Gottfried Gnägelmann, Zürich.
ERZBISCHOF Abdrehen.
GOETHEL Prösterchen.
GNÄGELMANN Prost.

Sie schlafen wieder ein.

SALTOVENIA Burgunder.
VALDOPOLO Champagner.

Der Diener gießt ein.

ERZBISCHOF Die Deutschen verstehen unsere Sprache nicht, und schon schleicht sich ein neues Paar hinter den Paravent!

Kardinal und Nostromanni kommen von links vorne.

KARDINAL Abschminken. Eine Sauerei, dieses Mitleid.
ERZBISCHOF Carlos, ich protestiere. Exzellenz sind Zeuge, und der Heilige Vater ist auch informiert. Der Schauspieler –
KARDINAL Was, zum Teufel, hast du gegen Nostromanni, Eustachius? Er ist besser als ich und vortrefflicher, als du sein könntest. Verzeih, ich habe geflucht.

Er wird von Fernsehleuten abgeschminkt, ebenso Nostromanni.

ERZBISCHOF Deine Flüche überhöre ich; daß du mit dem Einsatz eines Schauspielers Gott lästerst, nehme ich nicht hin.

KARDINAL Zu dieser Gotteslästerung hast du mich gezwungen, Eustachius. Die Einheit der Kirche ist politisch notwendig. Du weigerst dich, bei der täglichen Letzten Ölung zu assistieren.

ERZBISCHOF Hinter dem Paravent wird kopuliert.

KARDINAL Und, Himmeldonner?

ERZBISCHOF Jetzt fluchst du wieder.

KARDINAL In der ganzen Welt wird geflucht, und in der ganzen Welt wird kopuliert. Nostromanni, wie war ich heute?

NOSTROMANNI Zu ergriffen, Eminenz.

KARDINAL Sebulon?

SEBULON Zu rührselig, Eminenz.

KARDINAL Mein Sohn?

EXZELLENZ Zu väterlich.

KARDINAL Zu ergriffen, zu rührselig, zu väterlich.

ERZBISCHOF Dafür bist du die populärste Figur im ganzen Lande geworden.

KARDINAL Die populärste Figur wurde der Generalissimus. Vierzig Jahre war er verhaßt. Die moderne Medizin machte ihn zum Volkshelden. Der Umschwung der Volksmeinung riß alle mit. Kein Murren mehr, keine Streikdrohungen, nur andächtiges Mitleid. Aus Furcht, unpopulär zu werden, wichen seine Tochter, Ihre Hoheit und deren Tochter und die Kirche nicht von seinem Krankenbett. Und jetzt, wo sich das Volk an die Sterberei langsam gewöhnt und der Generalissimus bald wie eh und je verhaßt sein wird, glaubt mir niemand mehr die Opposition, verdammt noch mal.

ERZBISCHOF Fluch nur ruhig weiter. An deinen Flüchen wird der Generalissimus nicht sterben.

KARDINAL Ich wundere mich über deinen Glauben.

ERZBISCHOF Ich entsetze mich über deinen Unglauben.
SALTOVENIA Beten wir für den Sieg im Heimspiel.
VALDOPOLO Im Fußball gibt es keine Wunder.
SALTOVENIA Atheist.
KARDINAL Ein Blödsinn zu hoffen.
ERZBISCHOF Der Generalissimus lebt.
KARDINAL Noch.
ERZBISCHOF Fürderhin.
KARDINAL Für einige wenige Wochen nur, dank der Ärzte.
ERZBISCHOF Für viele Jahre, nur dank der Letzten Ölung, die ihm die Kirche jeden Tag vor allem Volke spendet. Wir sind erleuchtet worden.
VALDOPOLO Champagner.
ERZBISCHOF Er wird uns beide überleben. Du littest letzten Winter an einer Hepatitis, und ich …
KARDINAL Ich weiß, du fielst den alten Vetteln in die Hände.
SALTOVENIA Burgunder.

Von rechts vorne ist ein Fernsehmann gekommen und hat Sebulon etwas ins Ohr geflüstert.

SEBULON *interveniert* Eminenz, technische Panne. Wir sollten die Letzte Ölung noch einmal –
KARDINAL *erschrickt* Noch einmal?
SEBULON Noch einmal.
KARDINAL Scheiße.
SEBULON Wir können die Sendungen nicht abbrechen.
KARDINAL Die müssen doch langsam stinklangweilig sein.
EXZELLENZ Die Zuschauerquote, Sebulon?

SEBULON Sinkt katastrophal.
EXZELLENZ Logisch. Außer Nostromanni ist niemand telegen. Besonders Arkanoffs Visage fällt auf die Nerven. James, es war wieder einmal eine Tortur. Hau ab.
KARDINAL Macht die Eurovision denn überhaupt noch mit?
EXZELLENZ Bayern. Drittes Programm.

Die Herzogin, die Hoheit und Silvia, alle in Schwarz, treten von links vorne auf.

James ab. Goethel und Gnägelmann erwachen.

GNÄGELMANN Stöhnt anders.
GOETHEL Prophezeie supraventrikuläre Extrasystolen.
GNÄGELMANN Prost.
GOETHEL Prösterchen.

Schlafen ein.

HERZOGIN Sie weinten wie eine Puffmutter, Süße.
HOHEIT Sie schluchzten wie ein Bauerntrampel, Liebste.
SEBULON Hoheiten, die Letzte Ölung muß wiederholt werden!

Valdopolo und Saltovenia erheben sich gleichzeitig in ihrem Fußbad.

BEIDE Wir wollen das Rückspiel sehen, wir wollen das Rückspiel sehen!
KARDINAL Spielt Neesenbeuil?
SALTOVENIA Er spielt.

VALDOPOLO Auch Santagate.

KARDINAL Santagate und Neesenbeuil. Hm. Vielleicht würde, als Abwechslung, ein Fußballspiel das Weltinteresse an unserem leidenden Staatschef wieder etwas in Schwung bringen.

SALTOVENIA Ich lege jedem Spieler vierzigtausend auf den Tisch, gewinnen sie fünf zu null.

VALDOPOLO Ich sechzigtausend.

SEBULON Soll ich umschalten, Exzellenz?

ERZBISCHOF Von einer heiligen Handlung auf den Fußballplatz? Exzellenz, Sie haben Uns diese Kreatur noch nicht vorgestellt.

EXZELLENZ Staatssekretär Sebulon, für das Fernsehen zuständig.

Sebulon verneigt sich.

ERZBISCHOF Staatssekretär, die Kirche verlangt, daß die Letzte Ölung wiederholt wird.

KARDINAL Ich kann nicht mehr. Es geht über meine Kraft.

ERZBISCHOF Dann nehme ich die Letzte Ölung noch einmal vor. *Setzt sich die Mitra auf.*

KARDINAL Geht nicht. Ich assistiere nicht.

ERZBISCHOF Brauchst du nicht. Der Schauspieler wird assistieren.

KARDINAL Eustachius, du machst dich lächerlich.

ERZBISCHOF Du machst mich lächerlich. Nostromanni, schminken Sie sich um. Sie haben Uns gemimt, nun mimen Sie den Kardinal.

NOSTROMANNI Rollenwechsel: meine Utensilien. *Beginnt, sich in den Kardinal zu verwandeln.*

Im Lautsprecher Röcheln.

ERZBISCHOF Wir befehlen Ihnen, Nostromanni: Sie spielen den Kardinal auf die gleiche empörende Weise wie Sie Uns gemimt haben. Wir dagegen halten Unsere Rührung, Unsere Ehrfurcht, Unser Mitgefühl vor dem unendlichen Leid, dem Wir gegenüberstehen, nicht zurück.

KARDINAL Erzbischof, du nimmst der Kirche die letzte Chance, als Opposition gegen ein unmenschliches Regime noch halbwegs glaubhaft zu sein. Du stehst dank Nostromanni noch als ein Kirchenfürst da, der zwar die Gnaden der Kirche spendet, aber nicht in Sentimentalität zerfließt.

ERZBISCHOF Ei! Warum bist du denn in ihr zerflossen?

KARDINAL Meine Schwäche, meine Schwäche, Himmeldonner!

ERZBISCHOF Sind die Fenster deines Palastes eingeworfen worden?

KARDINAL Nein.

ERZBISCHOF Aber meine. Wegen der eiskalten Fratze deines geliebten Schauspielers, den man für mich hält.

Im Lautsprecher Röcheln.

GOETHEL *erwacht jäh* Das aller-allerschönste Todesröcheln meines Lebens. *Schläft wieder ein.*

ERZBISCHOF Kommen Sie, meine Damen, komm, mein Kind. Im Namen Jesu. Nostromanni.

Die beiden Herzoginnen, Silvia, Nostromanni und der Erzbischof links vorne ab.

KARDINAL Himmelheiland, wir leben noch im Mittelalter.

EXZELLENZ Sebulon, lassen Sie eine Ölung und dann das Rückspiel übertragen.

Saltovenia und Valdopolo erheben sich im Fußbad.

BEIDE Hereinspielen, hereinspielen.

EXZELLENZ Die Herzöge können es sich im Vorraum betrachten.

BEIDE Im Vorraum, im Vorraum.

Beide rechts außen mit nackten Füßen ab. Der Diener trägt ihnen das Fußbad nach.

EXZELLENZ *in die Sprechanlage* Whisky. *Zum Kardinal* Auch einen?

KARDINAL Bitte.

EXZELLENZ Zwei. *Stellt ab.*

KARDINAL Heiß. Dieses endlose Sterben korrumpiert. Alles verrottet, verhurt, und die ausländischen Mediziner schnarchen.

EXZELLENZ Der Melodischere ist der Schweizer.

SEBULON Auf dem Bildschirm der Erzbischof.

Aus dem Fernsehgerät die Stimme des betenden Erzbischofs.

ERZBISCHOF Ego sum resurrectio et vita.

KARDINAL Sternenhagel! Das ist doch keine Letzte Ölung!

Von rechts vorne James mit Whisky. Serviert.

EXZELLENZ Mit Eis, James.

ERZBISCHOF *aus dem Fernsehgerät* Qui credit in me, etiam si mortuus fuerit, vivet.

KARDINAL Pur.

James ab.

ERZBISCHOF *aus dem Fernsehgerät* Et omnis, qui vivit et credit in me, non morietur in aeternum.

KARDINAL *starrt verwundert auf den Bildschirm* Teufel!

EXZELLENZ Na?

KARDINAL Der Erzbischof wirkt unsäglich zynisch.

EXZELLENZ Er versucht, väterlich zu wirken.

KARDINAL Nostromanni spielt mich liebevoll.

EXZELLENZ Nur der Kontrast zum Erzbischof. Nostromanni spielt wie immer.

ERZBISCHOF *aus dem Fernsehgerät* Mein Sohn Felipe, Gott hat ein Wunder an dir getan: Du bist geheilt.

KARDINAL Himmel, Hölle und Fegefeuer! Da hat der Glaube wieder etwas Heilloses angerichtet! *Stürzt den Whisky hinunter.*

ERZBISCHOF Du wirst weiterleben und dein Volk weiterregieren in Weisheit und Gerechtigkeit wie bisher, mein Sohn Felipe.

KARDINAL Noch einen Whisky. Einen doppelten.

EXZELLENZ *in die Sprechanlage* Whisky. *Stellt ab.*

KARDINAL Erledigt. Die Kirche hat ausgespielt.

ERZBISCHOF Empfange den Segen Gottes, Felipe, mein Sohn.

KARDINAL O Gott, zeig lieber Fußball.

EXZELLENZ Ins Rückspiel einblenden, Sebulon.

SEBULON *stellt um* Eingeblendet.

Fußballgeschrei, die Stimme des Reporters, dazwischen als Grundrhythmus das Röcheln und Stöhnen des Generalissimus.

LAUTSPRECHER Neesenbeuil ist von einer verdammten Wendigkeit.

James serviert dem Kardinal Whisky.

LAUTSPRECHER Hornübel flankt! Kröse! Fallrückzieher! Tor!

Fußballgeschrei. Der Kardinal stürzt den Whisky hinunter, erhebt sich.

KARDINAL Noch einen doppelten.

James schenkt ein.

KARDINAL Neesenbeuil ist ein Phänomen. Wenn ich dagegen an das Spektakel von vorhin denke: die ausgemergelte Gestalt an ihren Schläuchen in der Uniform eines Generalissimus mit all den Orden, die Fratze des Erzbischofs: ein schlechter Film.

James ab.

EXZELLENZ Eminenz, es war Ihr Einfall, die Letzte Ölung täglich vorzunehmen.

KARDINAL Dein Einfall, mein Sohn, das Sterben des Generalissimus im Fernsehen übertragen zu lassen.

Goethel und Gnägelmann erwachen schlagartig.

GOETHEL Er röchelt nicht mehr.
GNÄGELMANN Totenstille.

Der Kardinal setzt sich wieder.

EXZELLENZ Sebulon, Musik und den Generalissimus rein.
SEBULON Den Generalissimus.

Fußballgeschrei weg. Aus dem Lautsprecher die Stimme des Erzbischofs.

ERZBISCHOF Hoc est enim corpus meum, quod pro vobis datur.
KARDINAL Merkwürdig, jetzt nimmt er doch die Letzte Ölung vor.

Goethel und Gnägelmann wenden sich anderen Geräten zu.

GOETHEL Beobachten Sie den Blutdruck, Collega Gnägelmann.
GNÄGELMANN Bei diesem Kammerflimmern!
GOETHEL Im Jehirn is ooch nichts mehr los.
GNÄGELMANN Mit Ihrer Leberprobe ist nichts mehr.
GOETHEL Männeken, Züricher, der Exitus des Jahrhunderts wird 'ne Tatsache.

Beide stürmisch nach links ab, dazu die Ärzte, halbentblößte Krankenschwestern usw.

ERZBISCHOF *aus dem Lautsprecher* Hic est enim calix sanguinis mei, novi et aeterni testamenti: mysterium fidei: qui pro vobis et pro multis effundetur in remissionem peccatorum.

KARDINAL Was geht hier vor, mein Sohn?
EXZELLENZ Das sehen Sie auf dem Bildschirm.
KARDINAL Der Generalissimus – *Bekreuzigt sich.*
EXZELLENZ *schaut auf seine Uhr* Eminenz, unsere Frist lief um 21 Uhr, 11 Minuten, 7 Sekunden ab. In zwei Millionen neunundvierzigtausendhundertsiebenundzwanzig Sekunden.
KARDINAL *springt auf* Das ist doch unwichtig.
EXZELLENZ Nur Zahlen sind wichtig.

Bachs Air aus Suite Nr. 3 ertönt.

KARDINAL Himmelheiliges – ich habe die allerletzte Ölung verfehlt.
EXZELLENZ Eminenz.
KARDINAL Deus meus, Deus meus. *Nach links vorne ab.*
SEBULON Nicht hineingehen! Bach anschwellen lassen.
ERZBISCHOF *aus dem Lautsprecher* Ave Maria, gratia plena.
EXZELLENZ Zu spät.
SEBULON *blickt auf den Bildschirm* Da stürzt er schon ans Sterbebett.

Das Air von Bach schwillt an aus dem Lautsprecher. Dazwischen Schluchzen.

EXZELLENZ Drei Kardinäle auf dem Bildschirm.
ERZBISCHOF *aus dem Lautsprecher* Consummatum est.
KARDINAL Amen.

Von hinten links Rosa, Rosarosa und Rosabella.

ROSA Gugus, gugus.

ROSAROSA Gu-gus gu-gus.

ROSABELLA Biß er endlich zu, der gewaltige schwarze Engel.

EXZELLENZ Er biß zu.

ROSABELLA Mein Sohn ist tot?

EXZELLENZ Krepiert. Wie das unter Männern üblich ist. Wir verstehen nicht einmal mehr zu sterben.

ROSA Dadadada.

ROSAROSA Da-da-da-da.

ROSABELLA Er biß zu, der gewaltige schwarze Engel biß zu. Biß zu. Biß zu.

Rosa, Rosarosa, Rosabella links hinten ab.

NOSTROMANNI *aus dem Lautsprecher* Amen.

EXZELLENZ *telefoniert* John, es ist soweit. Führen Sie sie rein. *Trinkt Whisky.* Schalten Sie wieder zum Fußballspiel um.

SEBULON Umschalten.

Air von Bach verstummt abrupt.
Fußballgebrüll.

LAUTSPRECHER Pfostenschuß! Santagate schießt an den Pfosten! Riesenglück für Leeds. *Fußballgebrüll.*

Von links vorne Arkanoff. Er wird von Goethel und Gnägelmann gestützt.

ARKANOFF Tot. Der Generalissimus ist tot.

GOETHEL Na ja, Collega Arkanoff, ein jeder muß mal dran glauben. Aber sein Sterben war Spitzenklasse.

ARKANOFF Nicht der Generalissimus –, nicht der Generalissimus.

GNÄGELMANN Kopf hoch, Collega Arkanoff. Medizinisch ein Mordserfolg.

Fußballgebrüll.

LAUTSPRECHER Neesenbeuil. Hornübel, Kröse, Neesenbeuil, Kröse, Doppelpaß, Cow befreit, Neesenbeuil, Tor, Tor, Neesenbeuils drittes Tor.

John kommt mit zwei Kriminalbeamten von rechts hinten.

EXZELLENZ Die Kameras auf Arkanoff und mich, Sebulon.

SEBULON Licht.

Grelles Scheinwerferlicht auf Exzellenz und Arkanoff, der noch immer von Goethel und Gnägelmann gestützt wird.

SEBULON Kameras. Fußball ausblenden.

Fußballgeschrei verklingt. Air von Bach mächtig.

SEBULON Bach leise, leiser, noch leiser!

Air ganz leise während der folgenden Szene.

SEBULON Exzellenz, die Kameras laufen.

ARKANOFF Der Generalissimus, Exzellenz, der Generalissimus –

EXZELLENZ Johannes Himmelreich?

Arkanoff wankt.

GOETHEL Was haben Sie denn, Collega?
GNÄGELMANN Jetzt, wo Sie doch in die Geschichte der Medizin eingehen?

Schweigen.

ARKANOFF Exzellenz –

Schweigen.

ARKANOFF Ich bin Johannes Himmelreich.

Arkanoff sinkt zwischen Goethel und Gnägelmann zusammen.

ARKANOFF Ich weiß – *Keucht.* Ich weiß, wer mich – na ja, das ist ja auch gleichgültig.
EXZELLENZ Spielt keine Rolle mehr. Sie sind verhaftet, Himmelreich.
ARKANOFF Ich lieferte die Frist –
EXZELLENZ Meine Herren, er steht Ihnen zur Verfügung.

Handschellen schnappen zu.

ARKANOFF Ich tat nur – *Starrt Exzellenz an.* Ich tat nur meine Pflicht.

Der Kardinal, der Erzbischof und Nostromanni treten von links vorne ins grelle Licht der Scheinwerfer.

NOSTROMANNI Kardinal, »ich habe das Meinige getan. Tun Sie das Ihre!«

KARDINAL Deine ewigen Zitate, Nostromanni, deine ewigen Zitate, Kreuzmillionen.

ERZBISCHOF Deine ewigen Flüche, Carlos, deine ewigen Flüche, bei allen Heiligen. *Faltet die Hände.* Der Generalissimus glaubte nicht, daß er geheilt war. Er glaubte nicht an ein Wunder. Er starb an seinem Unglauben. Arkanoff wird es bezeugen. Arkanoff, was ist denn, Arkanoff? Exzellenz, wer sind diese Herren?

EXZELLENZ Johannes Himmelreich operierte im Konzentrationslager Liebenau Häftlinge ohne Narkose.

Arkanoff richtet sich auf, stolz.

ARKANOFF Die Wissenschaft hat ein Anrecht, die Grenzen der menschlichen Leidensfähigkeit zu ergründen. Persönlich nahm ich am Schicksal der Häftlinge nicht ohne Erschütterung Anteil.

EXZELLENZ Abführen.

KRIMINALBEAMTER Komm, Himmelreich.

Arkanoff wird von den beiden Kriminalbeamten nach rechts vorne abgeführt.

KARDINAL Goldbaum hatte recht. *Setzt sich.*

ERZBISCHOF Ohne Narkose, Häftlinge? Arkanoff? Wenn schon. Wir hatten nichts mit ihm zu schaffen.

KARDINAL Erzbischof! Wir standen mit Arkanoff am Sterbebett des Generalissimus.

ERZBISCHOF Na und? – In dreißig Jahren ändert sich der Mensch. Arkanoff ist ein begnadeter Arzt. Er ist freizulassen. Nur Goldbaum wird protestieren, die ewige Empfindlichkeit seiner Rasse.

KARDINAL Eustachius, raus!
ERZBISCHOF Carlos –
KARDINAL Verschwinde.

Der Erzbischof humpelt beleidigt nach rechts vorne.

ERZBISCHOF Unser Bein. *Ab.*
KARDINAL *setzt sich* Es fällt mir kein Fluch ein, die Größe seiner Dummheit auch nur annähernd auszudrücken. *Bedeckt sich die Augen.* Wozu dieses blendende Licht?
EXZELLENZ Eminenz erscheinen auf dem Bildschirm.
KARDINAL Jetzt?
EXZELLENZ Sebulon, zurück zum Fußballplatz.
SEBULON Licht aus. Kameras zurück. Bach weg.

Die Scheinwerfer erlöschen.
Fußballgebrüll.

EXZELLENZ Ton weg.

Stille.
Exzellenz wendet sich den Ärzten zu.

EXZELLENZ Professor Goethel, Professor Gnägelmann.
GOETHEL Oh, Exzellenz sprechen Deutsch.
EXZELLENZ Ein wenig.
GOETHEL Wir sind beunruhigt, Exzellenz.
GNÄGELMANN Ganz gewaltig, Exzellenz.
EXZELLENZ Weshalb denn, meine Herren?
GOETHEL Collega Arkanoff –
EXZELLENZ Unwichtig, Professor, nebensächlich. Sie machten sich die Mühe – sagt man so? – unseren

Generalissimus würdig – na, wie redet man das auf deutsch? – würdig – na – hinüber zu spedieren. Sie verstehen schon. Ich danke, meine Herren. Verzeihen Sie meine deutsche Sprache, meine Herren. *Wendet sich Legrais zu.* Legrais, führen Sie die Herren in ihr Hotel.

GOETHEL *verneigt sich* Exzellenz.

GNÄGELMANN *verneigt sich* Exzellenz, ich bin ermächtigt, im Falle eines Ablebens des Generalissimus das Beileid des Bundesrates – Verzeihung, Exzellenz, Verzeihung. *Verneigt sich. Mit Legrais und Goethel vorne rechts ab.*

EXZELLENZ Das Ausland wären wir los.

KARDINAL Mein Sohn, vorhin, als der Generalissimus starb, stürzte ich ins Sterbezimmer.

EXZELLENZ Eminenz waren nicht zurückzuhalten.

KARDINAL Es muß für die Zuschauer ein Schock gewesen sein, mich zweifach zu sehen.

EXZELLENZ Eminenz machten einen würdigen Eindruck.

KARDINAL Nostromanni?

EXZELLENZ Übertraf Eminenz allerdings.

KARDINAL Er wird echter gewirkt haben. Mach, daß du hinauskommst, Nostromanni.

NOSTROMANNI Trotzdem –

EXZELLENZ Verehrtester, Ihre Kunst war mir nützlich. Sie griffen in die Weltgeschichte ein. Mein Chauffeur fährt Sie nach Hause.

KARDINAL Troll dich endlich, Herrgottsdonner.

NOSTROMANNI *verneigt sich* Ich gehe. »Der Einfall war kindisch, aber teuflisch schön.«

KARDINAL Ver –

NOSTROMANNI Ich zitiere, Eminenz. Ich weiß. Einen

klassischen Autor, Eminenz. Vier Wochen murmelte ich Ihre Gebete nach, Eminenz. Am Bett eines Sterbenden, Eminenz. Auch Ihre Gebete waren Zitate, Zitate aus der Bibel, und auch deren Autor ist ein Klassiker. Aber vier Wochen mußte ich vorher und nachher aus Ihrem Munde, Eminenz, einen solchen Schwall gräßlicher Flüche über mich ergehen lassen, dessen sich jeder Bühnenarbeiter geschämt hätte. Eminenz, als Katholik trat ich in Ihre Dienste ein, als Atheist verlasse ich Sie.

KARDINAL Mein Sohn, mein Sohn, deine Sünden seien dir vergeben.

Gibt ihm den Segen, sinkt in düsteres Schweigen. Nostromanni verneigt sich.

NOSTROMANNI Ich weiß nicht, Eminenz. Als Schauspieler fühle ich mich mißbraucht. *Rechts vorne ab.*

EXZELLENZ Ton ein.

Fußballgeschrei. Pfiffe.

LAUTSPRECHER Elfmeter! Santagate wurde niedergemäht.

Von links vorne Hoheit, ihre Tochter Silvia und Herzogin, tief verschleiert, nach dem letzten Modeschrei.

EXZELLENZ Die Kameras auf die Herzoginnen, Sebulon. Zweiter großer Auftritt.

SEBULON Bereit.

EXZELLENZ Uns einblenden.

Fußballgeschrei verstummt.

SEBULON Licht.

Grelles Scheinwerferlicht auf Exzellenz, Kardinal und die Herzoginnen.

SEBULON Kameras!

Die Kameras laufen.

SEBULON Eingeblendet. Meine Damen, Television. Live.

Die Herzoginnen stellen sich im grellen Licht in Pose.

HOHEIT Meine Liebste.
HERZOGIN Meine Süße.

Umarmung.

HOHEIT Umarme die Prinzessin von Valdopolo, Silvia.

Umarmung.

HOHEIT Mein liebes, liebes, teures Kind.
EXZELLENZ Meine Damen, Arkanoff ist verhaftet.
HERZOGIN Weshalb?
EXZELLENZ Er ist ein gesuchter Kriegsverbrecher namens Johannes Himmelreich.
HOHEIT Unsinn. Er ist in Sibirien geboren.
EXZELLENZ Am Bodensee. Hoheit, man nannte ihn den Himmelfahrt-Hannes. *Geht zum Schreibtisch.* Ich bitte die Damen, die zwei Dokumente zu unterzeichnen. Das eine betrifft den Verzicht Ihrer Hoheit auf den

Thron, das andere die Auflösung der Partei durch die Herzogin in ihrer Eigenschaft als Tochter des Generalissimus.

HOHEIT Wache!

HERZOGIN Sie sind verhaftet, Exzellenz.

EXZELLENZ Zwingen Sie mich nicht, Sie zu verhaften, Herzogin. Sie beabsichtigten, mit dem Chef des Geheimdienstes, Möller, die Regierung gewaltsam zu übernehmen.

Schweigen.

HERZOGIN Möller erschoß sich, um Papa ein neues Herz zu liefern.

EXZELLENZ Möller erschoß sich, weil ich seine Vergangenheit kenne.

HOHEIT Möller war ein holländischer Freiheitskämpfer.

EXZELLENZ Hoheit irren. Möller hieß Heinrich Engelmann, war Kommandant des Konzentrationslagers, wo Arkanoff seine Experimente vornahm, und man nannte ihn den Engel-Heini.

HERZOGIN Ich stand mit ihm nicht in Verbindung.

EXZELLENZ Sie begaben sich mit Ihrem Gatten in den Hof der Kaserne, um meiner Erschießung beizuwohnen.

HERZOGIN Die Partei –

EXZELLENZ Ließ Sie fallen.

HERZOGIN Die Miliz –

EXZELLENZ Entwaffnet.

HERZOGIN Die Marine –

EXZELLENZ Unter meinem Kommando.

Schweigen.

EXZELLENZ Übersehen Sie nicht, daß mir auch der Geheimdienst untersteht.

HERZOGIN Sie ließen die sechs Terroristen erschießen.

EXZELLENZ Die Freiheitshelden wurden in derselben Kaserne exekutiert, wo ich kurz darauf hätte erschossen werden sollen. Der Tod der sechs ist auf Ihren Befehl zurückzuführen, Herzogin von Valdopolo.

HERZOGIN Diese Lüge wagen Sie mir vor der Weltöffentlichkeit ins Gesicht zu schleudern? Der Oberst der Miliz erhielt den Befehl von Ihnen.

EXZELLENZ Der Oberst der Miliz gestand.

HERZOGIN Holen Sie ihn her.

EXZELLENZ Der Oberst fand bei der Entwaffnung der Miliz den Tod.

Schweigen.

HERZOGIN Geben Sie her.

Exzellenz weist auf den Schreibtisch. Die Herzogin unterschreibt.

HERZOGIN Die Partei ist aufgelöst.

EXZELLENZ Schön.

Die beiden Herzöge stürzen mit nackten Füßen herein.

VALDOPOLO Ein Riesenskandal!

SALTOVENIA Die Fernsehleute sind Mondkälber!

EXZELLENZ Kamera auf die beiden!

VALDOPOLO Gigantische Untermenschen!

SEBULON Wir haben sie, Exzellenz.

SALTOVENIA Das Spiel des Jahrhunderts wird gesendet,

und mitten in die schönsten Spielzüge blendet man ein vollkommen läppisches Geplapper zwischen Exzellenz und Arkanoff ein.

VALDOPOLO Ein Elfmeter, und wen darf ich bewundern? Meine Gattin!

HERZOGIN Exzellenz.

EXZELLENZ Herzogin?

HERZOGIN Diese Kameras –

EXZELLENZ Wir sind gegenwärtig alle live im Fernsehen.

HERZOGIN Diese zwei Hanswürste ebenfalls? *Weist auf die Herzöge.*

EXZELLENZ Wirkungsvoll.

HERZOGIN Pepe, wir gehen ins Ausland.

VALDOPOLO Aber warum denn, Mausi? Wir haben doch gegen Leeds gewonnen.

HERZOGIN Wir haben gegen Exzellenz verloren. Wir fahren nach St. Moritz.

VALDOPOLO Ich begreife einfach nichts.

Die Herzogin mit Valdopolo nach rechts vorne ab.

EXZELLENZ Hoheit, darf ich Sie nun bitten?

HOHEIT Ich bin nicht die Herzogin. Die Armee –

EXZELLENZ Unter meinem Befehl.

HOHEIT Die Luftwaffe –

EXZELLENZ Schloß sich der Armee an.

HOHEIT Ich danke nicht ab. Schweig, Silvia.

EXZELLENZ Dann muß ich Hoheit verhaften lassen.

HOHEIT Dazu fehlt Ihnen eine gesetzliche Handhabe.

EXZELLENZ Hochverrat.

HOHEIT So eine Dummheit läßt sich mir nicht nachweisen.

EXZELLENZ Ihrem Gatten. Er fand sich an jenem Morgen zu meiner Exekution in der Kaserne ein. Man versprach ihm, Neesenbeuil zu engagieren.

HOHEIT Mein Gatte ist ein Dummkopf.

SALTOVENIA Schnucki –

HOHEIT Aber welcher Prinzgemahl ist keiner? Ich unterschreibe Ihr Papier nicht, Exzellenz. Ein Staufe verzichtet nicht auf den Thron. Schweig, Silvia.

SILVIA Mama, jetzt rede ich.

HOHEIT Silvia, was fällt –

SILVIA Läuft die Kamera noch, Exzellenz?

EXZELLENZ Jawohl, mein Kind.

HOHEIT Silvia –

SILVIA Schweig. Sieht uns die ganze Welt, Exzellenz?

EXZELLENZ So ziemlich, mein Kind.

HOHEIT Silvia, ich –

SILVIA Papa ist derart lächerlich mit seinem Fußball, daß du ihn mit Recht vor aller, vor ziemlich aller Welt einen Dummkopf nennst. Aber du, Mama, bist ein Huhn.

HOHEIT Sil –

SILVIA Du bist noch lächerlicher als Papa, noch tausendmal lächerlicher, noch hunderttausendmal lächerlicher. Da knieten wir jeden Tag mehrere Male seit Wochen mit Kerzen und in schwarzen Kleidern neben dem Schragen, auf welchem dieser gräßliche Großmogul lag und nie sterben wollte, hörten uns die Litaneien des schwulen Nostromanni an, der den Erzbischof mimte, welcher zu feige war, seine Pflicht zu erfüllen, und wer steht neben uns und untersucht, spritzt, horcht ab, macht Bluttransfusionen, operiert vor der Kamera? Der Himmelfahrt-Hannes.

HOHEIT Silvia, ich –

SILVIA Und mit wem hast du meinen famosen Papa betrogen? Mit dem Engel-Heini. Warum? Um den Geheimdienst auf deine Seite zu ziehen. Und als er sich erschoß, hast du nicht mit der Wimper gezuckt. Und eine Hure wie du, Mama, will Königin dieses Landes werden?

HOHEIT Als Staufe –

SILVIA Als Staufen sind wir einen Dreck wert!

EXZELLENZ Mein Kind –

SILVIA Ich bin nicht Ihr Kind. Ich bin überhaupt kein Kind. Ich schlafe mit meinem Tennislehrer und mit meiner Englischlehrerin, mit einer alten, buckligen Nonne und mit meinem Beichtvater.

HOHEIT Schweig!

SILVIA Unterschreib! Dank ab! Wir sind für dieses arme Volk zu schade! Sonst stellt es uns einmal mit Recht an die Wand, dich, Mama, Papa und mich! Unterschreib! *Flüchtet nach hinten, bleibt stehen.* Und mit meinem Zahnarzt schlafe ich auch. *Flüchtet nach links hinten.*

EXZELLENZ Nicht dort hinein.

Sie verschwindet.

EXZELLENZ Zu spät.

Schweigen.

EXZELLENZ Sie rannte zu den Unsterblichen.

Schweigen.

KARDINAL Verdammt, verdammt!

HOHEIT Auch mit dem Zahnarzt.

Schweigen.

HOHEIT Mit meinem Zahnarzt.

Schweigen.

HOHEIT Exzellenz?
EXZELLENZ Hoheit?
HOHEIT Geben Sie her.
EXZELLENZ Bitte, Hoheit.

Hoheit unterschreibt.

HOHEIT Da haben Sie den Wisch! Komm, Joko. Wir gehen ins Ausland. *Nach rechts vorne ab.*
SALTOVENIA Kann mir jemand erklären, warum meine Gattin abdankt? Neesenbeuil war doch ein großartiger Einkauf. *Zuckt die Achseln.* Sonderbar. *Nach rechts vorne ab.*
EXZELLENZ Kameras abstellen.
SEBULON Abgestellt.
EXZELLENZ Dramaturgisch läuft die Weltgeschichte stümperhaft ab. Sebulon, bereite die Pressekonferenz im Vorraum vor. Mit Fernsehen, unmittelbar nach Beendigung des Spiels. Eine erneute Unterbrechung ist der Öffentlichkeit nicht mehr zuzumuten.
SEBULON Sehr wohl, Exzellenz. *Mit Ärzten, Krankenschwestern und Fernsehleuten nach rechts vorne ab.*

Der Thronsaal ist leer. Zurück bleibt Unordnung: Schein-

werfer, eine Kamera, Champagnerflaschen, ärztliche Instrumente, nun ohne Sinn. Der Raum wird wieder durch den gewaltigen Lüster erleuchtet.
Exzellenz, hinter dem Schreibtisch, schaut sich um.

EXZELLENZ Die Umgebung für unser letztes Gespräch ist traurig.
KARDINAL Unerheblich.
EXZELLENZ Der Thronsaal sieht aus wie nach einer Schlacht.
KARDINAL Du hast sie gewonnen, mein Sohn.
EXZELLENZ Eine Niederlage konnte ich mir nicht leisten.
KARDINAL Die sechs Terroristen ließest du erschießen. Du bist ein unverschämter Lügner, mein Sohn.
EXZELLENZ Es ging um die Macht.
KARDINAL Ich ziehe mich in ein Kloster zurück.
EXZELLENZ Eminenz glauben an Gott.
KARDINAL Wer nicht an ihn glaubt, muß sich mit der Welt begnügen.
EXZELLENZ Die habe ich nun.
KARDINAL Ich beneide dich nicht.
EXZELLENZ Nur die klare Vernunft hilft weiter.
KARDINAL Mein Sohn, vielleicht fiel dir auf, daß ich beinahe nicht mehr fluche.
EXZELLENZ Fiel mir kaum auf.
KARDINAL Auch mir fehlt es nicht an einer gewissen klaren Vernunft. Meine Kommentare zum heiligen Thomas stehen auf dem Index.
EXZELLENZ Ich bewundere deren Scharfsinn samt der Schlankheit ihrer Prosa.
KARDINAL Ich bin überrascht, in dir einen meiner Leser zu finden.

EXZELLENZ Wünschen Eminenz noch einen Whisky?

KARDINAL Nein, danke. Vor deinem Gespräch mit Möller übergabst du mir eine Aktentasche mit Papieren über dessen Vergangenheit.

EXZELLENZ Es wäre wünschenswert gewesen, wenn Sie diese Akten gelesen hätten.

KARDINAL Meine ewige Vergeßlichkeit.

EXZELLENZ Zum Glück schenkte der Engel-Heini der Aktentasche keine Beachtung.

KARDINAL Stand in diesen Akten auch etwas über Arkanoff?

EXZELLENZ Alles.

KARDINAL Du wußtest die Wahrheit längst?

EXZELLENZ Längst.

KARDINAL Und ließest Himmelreich noch drei Wochen lang gewähren?

EXZELLENZ Zwei Millionen neunundvierzigtausendhundertsiebenundzwanzig Sekunden lang.

KARDINAL Mein Sohn, du bist unbarmherzig exakt.

EXZELLENZ Die Politik ist unbarmherzig.

KARDINAL Kru –, jetzt hätte ich beinahe wieder geflucht.

EXZELLENZ Ich führe einen Kampf auf Leben und Tod, Eminenz.

KARDINAL Dafür mußte der Generalissimus durch die Hölle.

EXZELLENZ Glauben Sie, er sei jetzt im Paradies?

Schweigen.

KARDINAL Hätte ich die Wahrheit gewußt, wären dem Generalissimus unsägliche Qualen erspart geblieben.

EXZELLENZ Ich wußte sie.

KARDINAL Hätte ich die Aktentasche nicht vergessen –
EXZELLENZ Sie vergaßen sie.
KARDINAL Gott sei uns gnädig.
EXZELLENZ Gibt es ihn, hat er anderes zu tun.
KARDINAL Es ist Zeit, mich zurückzuziehen.
EXZELLENZ In Ihr Kloster.
KARDINAL Das Regime ist dir zum Opfer gefallen.
EXZELLENZ Es war nicht anders zur Strecke zu bringen.
KARDINAL Ich hoffe, daß du dich in den Netzen, die du ausgeworfen hast, nicht selber verstrickst.
EXZELLENZ Eminenz, ich bin heute einundsechzig geworden.
KARDINAL Gott zählt unsere Tage.

Hinten wird von Rosarosa und Rosablanca ein Kameramann abgeschleppt.

EXZELLENZ Einundsechzig ist eine Primzahl.
KARDINAL Ich bin nicht Mathematiker.
EXZELLENZ Eine Zahl, die durch keine ganze Zahl, außer durch eins oder durch sich selber teilbar ist. Vollendete Zahlen. Als ich 37 war, wurde eine Handgranate in meinen Wagen geschleudert. Ich saß nicht darin, aber meine Frau. Mit 47 kletterte ich aus den Trümmern meines Privatflugzeugs, Sabotage. Meine drei Söhne konnten nicht mehr herausklettern. Primzahlen. Alles Primzahlen.

Der Kardinal schweigt.

EXZELLENZ Darf ich auf der Pressekonferenz Ihren Eintritt –

KARDINAL Du darfst. *Erhebt sich.* Ich finde den Weg, mein Sohn.

EXZELLENZ Zwei Millionen neunundvierzigtausendhundertsiebenundzwanzig ist eine Primzahl.

KARDINAL Ich werde doch für dich beten.

EXZELLENZ Für Möller beteten Sie auch.

Der Kardinal starrt Exzellenz an.

EXZELLENZ Beten Sie lieber für die Sippe des Generalissimus. Sein Leichnam wird bald deren Beute.

Der Kardinal bekreuzigt sich.

EXZELLENZ Sie beten nicht, Eminenz? Sind unsere Gebete unanständig geworden? Ist der Himmel zu anständig, sie zu erhören?

Der Kardinal geht wortlos nach rechts vorne ab.

EXZELLENZ *telefoniert* John, führen Sie ihn herein.

Plötzlich steht der Bauer Toto vor Exzellenz.

EXZELLENZ Du?

DER BAUER Ich bin wiedergekommen.

EXZELLENZ Ich sehe.

DER BAUER Der Bauer Toto.

EXZELLENZ Ich weiß.

DER BAUER Ponzo ist gestorben.

EXZELLENZ Ich ließ ihn erschießen.

DER BAUER Er war mein Sohn.

EXZELLENZ Ich weiß.
DER BAUER Nun mußt du sterben.
EXZELLENZ Na schön.

Der Bauer geht auf Exzellenz zu, stößt zu, tritt zurück. Exzellenz preßt seine Hand leicht auf den Leib, spielt das Folgende gegen jede Schauspielerskrupel, als sei nichts geschehen. Der Bauer Toto tritt wieder vor den Schreibtisch.

DER BAUER Ich gehe wieder.
EXZELLENZ Geh, Bauer Toto.

Der Bauer rechts vorne ab. Von rechts hinten führt John Goldbaum herein.

JOHN Exzellenz?
EXZELLENZ Der Bauer.
JOHN Ein Bauer?
EXZELLENZ Eben. Bei mir. *In die Sprechanlage* Sebulon. *Stellt ab.* Eben war ein Bauer bei mir.

Von rechts vorne kommt Sebulon.

SEBULON Exzellenz?
EXZELLENZ Wie kam der Bauer herein?
SEBULON Welcher Bauer?
EXZELLENZ Der Bauer Toto.
SEBULON Es war kein Bauer da.
EXZELLENZ Er ging eben hinaus.
SEBULON Ich wartete im Nebenraum und hätte einen Bauern bemerkt, Exzellenz.
EXZELLENZ Gehen Sie wieder.

Sebulon rechts vorne ab.

EXZELLENZ John.
JOHN Exzellenz?
EXZELLENZ Lassen Sie mich mit Goldbaum allein.
JOHN Sehr wohl, Exzellenz. *Geht nach rechts hinten ab.*
EXZELLENZ Setzen Sie sich, Goldbaum.
GOLDBAUM Drei Wochen genoß ich Ihre Gastfreundschaft in diesem Palast. *Setzt sich.*
EXZELLENZ Hoffentlich war die Bibliothek passabel?
GOLDBAUM Bigott.
EXZELLENZ Das Fernsehen wird Sie entschädigt haben.
GOLDBAUM Ich hasse Letzte Ölungen.
EXZELLENZ Heute war Fußball.
GOLDBAUM Kein Interesse.
EXZELLENZ Schade. Sie versäumten nicht uninteressante Einschaltungen.
GOLDBAUM Durfte der Generalissimus endlich sterben?
EXZELLENZ Wir dürfen alle einmal sterben.
GOLDBAUM Nun sind S i e an der Macht.
EXZELLENZ Sie waren Häftling des Konzentrationslagers Liebenau, Goldbaum.
GOLDBAUM Und?
EXZELLENZ Arkanoff war der Lagerarzt.
GOLDBAUM Und?
EXZELLENZ Johannes Himmelreich.
GOLDBAUM Und?
EXZELLENZ Der Himmelfahrt-Hannes.
GOLDBAUM Und?
EXZELLENZ Und! Hätten Sie sich für Fußball interessiert, hätten Sie seiner Verhaftung beigewohnt.
GOLDBAUM Eine unsinnige Maßnahme.

EXZELLENZ Himmelreich operierte Sie.
GOLDBAUM Und?
EXZELLENZ Magenresektion ohne Narkose.
GOLDBAUM Und?
EXZELLENZ Eine unmenschliche Folterung.
GOLDBAUM Ich überstand sie.
EXZELLENZ Möller war Kommandant des Lagers.
GOLDBAUM Und?
EXZELLENZ SS-Oberscharführer Engelmann.
GOLDBAUM Es gab viele Oberscharführer.
EXZELLENZ Der Todesengel-Heini.
GOLDBAUM Bin ich frei?
EXZELLENZ Sie sind frei.
GOLDBAUM Dann kann ich gehen?
EXZELLENZ Goldbaum, Sie wollen mir doch nicht weismachen, Sie hätten Engelmann nicht wiedererkannt? Und auch Himmelreich nicht?
GOLDBAUM Ich erinnere mich an keinen.
EXZELLENZ Goldbaum, diese Vergeßlichkeit können Sie sich nicht leisten.
GOLDBAUM Exzellenz. Ich mußte mich damals auf mich konzentrieren, wollte ich überleben. Ich kapselte mich in mich ein, kaum war ich im Lager. Ich hatte nur noch mich. Und je mehr man mich schlug, desto wirklicher wurde ich, und als das Skalpell in mich schnitt, die Klammern mich weiteten, wurde ich ganz ich, gab es nichts außerhalb meiner, gab es keine Schmerzen mehr, aber auch keine Peiniger mehr. Es gab nichts mehr als mich selber. Es gab nicht einmal eine Welt –

Schweigen.

GOLDBAUM Wie soll ich mich jetzt da an jemand erinnern? Wie hätte ich sonst weiterleben können?

Schweigen.

EXZELLENZ Sie wußten nicht, wer Arkanoff und Möller waren?

GOLDBAUM Ich konnte doch keine Ahnung haben.

Schweigen.

EXZELLENZ Und die beiden dachten immer, Sie wüßten – *Lacht.* Toll.

GOLDBAUM *stutzt* Woher wußten Sie denn, was ich nicht wußte –

EXZELLENZ Um Möller zu stürzen, ließ ich jahrelang recherchieren und stieß dabei notgedrungen auch auf Himmelreichs Spuren.

GOLDBAUM Ach so.

EXZELLENZ Und weil ich glaubte, Sie hätten die beiden wiedererkannt, dachte ich, Sie würden handeln. Von jeder Pressekonferenz, die Sie gaben, erwartete ich, daß Sie Ihre Karten aufdecken würden, aber Sie hatten keine Karten.

Schweigen.

EXZELLENZ Sonst wäre uns das Bestialische, das nun geschehen ist, erspart geblieben.

Schweigen.

GOLDBAUM Sie hatten die Karten und deckten sie nicht auf.

EXZELLENZ Ich glaubte, Sie hätten mich im Stich gelassen. Ich mußte allein vorgehen. *Lacht.* Und nun wollen Sie nach Hause, Goldbaum?

GOLDBAUM Ich nehme meine Landpraxis wieder auf.

EXZELLENZ Und geben Ihre Pressekonferenzen.

GOLDBAUM Wenn es notwendig sein wird.

EXZELLENZ *betrachtet Goldbaum nachdenklich* Sie sagten mir einmal, Sie seien kein guter Arzt.

GOLDBAUM Ein mittelmäßiger.

EXZELLENZ Ein miserabler. Kommen Sie her. *Nimmt die Hand vom Leib.*

GOLDBAUM Um Gottes Willen.

EXZELLENZ Nichts mehr zu machen. *Preßt die Hand wieder auf den Leib.*

GOLDBAUM Soll ich einen Arzt –

EXZELLENZ Sie sind ja selber einer. Goldbaum, ich bin Sohn eines Mathematikers. Ich dachte ein Leben lang über die Primzahlen nach. Auch die Frist, die uns das verlängerte Sterben des Generalissimus gewährte, gab ich dem Kardinal mit einer phantastischen Primzahl an. Aber ich schwindelte: Eine Frist ist nie auf die Sekunde genau zu bestimmen. Ich mußte ihren Anfang und ihr Ende willkürlich wählen, und sei es nur durch einen Druck auf die Stoppuhr. Die Geschichte ist etwas Ungefähres, eine gotteslästerliche Schmiere, von der Fahrlässigkeit, vom Zufall und von der Vergeßlichkeit inszeniert. Wie der Physiker die Mathematik braucht, die im letzten unbegreifliche Natur wenigstens in den Griff zu bekommen, benötigt der Politiker Macht, die konfusen Handlungen der Menschen zu lenken. Selbst wenn er weiß, daß auch seine Macht nur – Fiktion ist. Denn in Wirklichkeit ist er abhängig von solchen, die ihn an die Macht drängen, abhängig von denen, die er zur Macht braucht, und abhängig von jenen, die sich seiner Macht beugen.

Von hinten links kommt Silvia, zerkratzt, blutverschmiert, die Kleider zerrissen.

SILVIA Diese Ungeheuer. Diese Ungeheuer. *Keucht.*
EXZELLENZ Komm näher, Silvia.

Sie kommt zögernd näher.

SILVIA Sie hetzten mich durch ihre gräßlichen, vermoderten Zimmer und Säle. Sie rissen mir die Kleider vom Leib. Sie zerkratzten mich. Sie wollten – sie wollten mich töten.
EXZELLENZ Setz dich, Silvia.

Sie setzt sich.

SILVIA Ich schlafe nicht mit dem Zahnarzt.
EXZELLENZ Sicher nicht.
SILVIA Auch nicht mit der buckligen Nonne und der Englischlehrerin.
EXZELLENZ Und nicht mit dem Tennislehrer und auch nicht mit dem Beichtvater. Dein Freund ist ein Physikstudent, der Kosmologe werden will.
SILVIA Sie wissen?
EXZELLENZ Er ist stolz, daß du dich für seine Studien interessierst.
SILVIA Sagte er das wirklich?
EXZELLENZ Siehst du, du bist auch stolz auf ihn. Aber man will dich zur Königin dieses Landes ausrufen.

SILVIA *springt auf* Nie.
EXZELLENZ Setz dich, Silvia.

Sie gehorcht.

SILVIA Sie können mit mir nicht spielen, wie Sie mit den anderen gespielt haben.
EXZELLENZ Ich spielte nicht, ich zahlte mit dir: den Sturz deiner Mutter.

Schweigen.

SILVIA Ich bin das kleinere Übel.
EXZELLENZ Du beginnst die Politik zu begreifen.
SILVIA Für die Monarchisten.
EXZELLENZ Für alle.
SILVIA Ich soll in diesem gräßlichen Palast wohnen mit diesen entsetzlichen alten Weibern?
EXZELLENZ Sie sind die Überreste des Regimes. Der Haß, den es aufstaute. Der Bodensatz der Welt, seit Abertausenden von Jahren.

Er öffnet mit der linken Hand eine Schreibtischschublade, entnimmt ihr ein Dokument.

EXZELLENZ Nimm. Ich ließ dich mit deinem Kosmologen verheiraten. Mit deiner bürgerlichen Ehe hat die Monarchie ausgespielt.

Silvia nimmt das Dokument.

EXZELLENZ Geh jetzt.

Silvia geht langsam nach rechts vorne hinaus.

EXZELLENZ Es bleiben die Mitte und die Linke; auch sie verfeindet. Ich verhandelte mit allen. Ich hoffte, den Staat in eine neue Zeit hinüberzuführen. Doch das Mädchen wollte ich nicht opfern. Schon die sechs hatte ich umsonst erschießen lassen. Wen kümmert es noch? Aber Sie, Goldbaum, kommen nicht darum herum. Als ich mit der Opposition verhandelte, war ihre erste Bedingung, Sie zum Vizepräsidenten zu ernennen. Ich ging in die Falle. Ich willigte ein. Nun werden Sie Ministerpräsident und bald auch Staatspräsident, eine Wendung, womit die Opposition von Anfang an rechnete. Die Politik hat Sie eingeholt, Goldbaum, einen Mann, der sich nicht einmal die Gesichter und die Namen seiner Feinde einzuprägen weiß. Zu menschlich für diese Welt, werden Sie in die Unmenschlichkeit gestoßen. Und wenn Sie jetzt nicht unmenschlich werden, wird dieses Land noch unmenschlicher. *Staunt.* Ich bin doch sehr verwundert, Goldbaum. Ich stürzte ein unglaubwürdiges System und ahnte nicht einmal, daß ich am unglaubwürdigsten war. *Lacht.* Goldbaum, möge es Ihnen einmal wie mir ergehen: lachend zu sterben. *Fällt über den Schreibtisch. Liegt unbeweglich.*

John von rechts vorne.

GOLDBAUM John.

John untersucht Exzellenz.

JOHN *in die Sprechanlage* Wache.

GOLDBAUM Wer ermordete ihn?
JOHN Ein Bauer.
GOLDBAUM In wessen Auftrag?
JOHN Belasten Sie sich nicht mit unnötigem Wissen.

Zwei Soldaten kommen von rechts vorne. John weist auf die Leiche Seiner Exzellenz.

JOHN Tragt das hinaus.

Die zwei Soldaten tragen Exzellenz im Schreibtischsessel nach hinten rechts hinaus.

JOHN Die Armee und die Politiker der Nation erwarten Sie im Vorzimmer, Herr Goldbaum.
GOLDBAUM Ich bin Landarzt.
JOHN Nehmen Sie Ihre Landpraxis wieder auf, kommt es zum Bürgerkrieg.

Schweigen.

JOHN Gehen wir, Exzellenz.
GOLDBAUM Gehen wir.

Die beiden nach rechts vorne hinaus. Von hinten links tritt Rosarosa auf.

ROSAROSA Gu – gus, gu – gus. *Watschelt zum Thron.*

Von hinten links Rosa.

ROSA Dadadada.

Von hinten links tritt Rosagrande auf, gefolgt von Rosablanca, die Rosanegra in einem Rollstuhl vor sich herschiebt.

ROSAGRANDE Zum Thron. Zum Thron der Väter. *Sie humpelt zum Thron.*
ROSA Gugus, gugus.
ROSANEGRA Zum ewigen Thron.
ROSABLANCA Zum Thron der Staufen.

Rosagrande setzt sich auf den Thron.

ROSAROSA Da – da – da – da!
ROSAGRANDE Führt meinen Urenkel herein.

Von rechts vorne tragen Rosabella, Rosalaura, Rosaflora und Rosaberta einen geschlossenen Sarg herein.

ROSABELLA Sippe, sie schwankt heran
Vetteln, sie lasten dran
Töchter, sie klammern an
Wurf drängt an Wurf hinan.
ROSAFLORA Messer durchschnitten ihn
Nadeln durchglitten ihn
Sägen durchsägten ihn
Spritzen durchfegten ihn.
ROSABERTA Gnade ist abgenützt
Arzt nicht, der beste, schützt
Daß sich der Nichtige
Gänzlich verflüchtige.
ROSALAURA Urmutter starrt uns an
Ewigkeit knarrt uns an

Tragen im Sarg hinein
Urenkels Totenbein.

ROSAGRANDE Stellt den Sarg vor mir nieder.

Sie stellen ihn vor den Thron.

ROSAGRANDE Umkauert ihn.

Die anderen Unsterblichen kauern um den Sarg.

ROSAROSA Gu – gus, gu – gus.

ROSA Dadadada.

ROSAGRANDE Trommeln!

Die Unsterblichen trommeln auf den Sarg.

ROSAGRANDE Still!

Die Unsterblichen gehorchen.

ROSAGRANDE Das große Sterben haust nicht mehr im Palast. Still! *Horcht.* Das Herz meines Urenkels schlägt nicht mehr. Still! *Horcht nach oben.* Das Herz des sturen, blinden Gottes schlägt nicht mehr, da oben, Gott ist tot, der Männergott, die Welt ist tot, die Männerwelt.

ROSABELLA Unsere Schenkel haben wir für sie gespreizt.

ROSABLANCA Unsere Bäuche blähten sich ob ihrem Samen.

ROSAROSA Ku – gel – rund.

ROSANEGRA Was wir warfen, folterten sie.

ROSA Kugelrund, kugelrund.

ROSALAURA Was wir säugten, mißbrauchten sie.
ROSAROSA Gu – gus, gu – gus.
ROSAFLORA Was wir aufzogen, mordeten sie.
ROSABERTA Ich will auch einen Mann zwischen den Beinen.
ROSAGRANDE Schweigt!

Stille.
Rosagrande schnippt mit den Fingern.

ROSAGRANDE Ich schnippe, und der Jüngste Tag ist gekommen.

Rosagrande beginnt zu sprechen, die anderen fallen nach und nach ein, sie bald ablösend, bald in Gruppen, bald zusammen sprechend, so daß langsam ein Chor entsteht, vom Trommeln der Unsterblichen begleitet, ein Chor, der an- und abschwillt, während der Sarg geöffnet und gefleddert wird, Orden, Uniformstücke herumfetzen, die Leiche selbst schließlich usw., bis nur noch die unheimliche, blecherne Stimme der Rosagrande zu hören ist, verweht, verstummt.

ROSAGRANDE
O Welt der Männer und der Morde,
Voll Schmach, voll Haß, voll grauser Tat,
Hinunter schlingt jetzt deine Horde
Der Hölle Maul samt deiner Saat.
Was du seit Anbeginn verbrochen,
Endgültig ist es heut vorbei,
Die Frist ist um der letzten Wochen.
Vorbei die große Hurerei,

Die du noch plantest, dich zu retten.
Es rettet dich nun keiner mehr.
Gewaltiger Koloß in Ketten,
Der Himmel über dir wird leer.
Entmannt starrst du in seine Räume.
Hoch über dir ein Geier kreist.
Noch irres Lachen, irre Träume,
Dann spürst du, wie er dich zerreißt.
Noch betest du, glaubst, daß er höre
Das, was du schreist, der graue Gott.
Als ob dein Sterben ihn gar störe.
Du Narr, wer stirbt, ist für ihn tot.
Und mit dir muß auch er jetzt fallen,
Der böse, sture, geile Greis,
Sich Vater prahlend von uns allen,
Verschmiert mit Blut und kalt wie Eis.
Es stürzt hin seine Frevelgröße.
Wir wenden uns ab, ungerührt,
Versiegeln schweigend unsre Schöße,
Weil Zeugung stets zum Tod verführt,
Weil stets wir kreißten, was zu Aas
Sich wandelte nach Mond und Jahren.
Wie schändlich, Weiber, war doch das,
Was uns vom Manne widerfahren.
Wir waren Opfer seiner Gier.
Er ging mit uns um nach Belieben,
Wir waren für ihn nur ein Tier.
Weh uns, daß wir nicht abgetrieben.
Nun schlug die Stunde des Gerichts.
Urenkel starb, und Gott verreckte.
Das Endliche, es wurde Nichts.
Erreicht ist, was da war bezweckte.

Jetzt sinkt zurück ins weiße All,
Was Männer schufen, Männer dachten,
Ein unfruchtbarer Erdenball
Erlöst von Spermen und vom Schlachten,
Unsterblich wie wir selber sind,
Noch ewiger als Sternenwind.
Was nicht mehr ist, war nur Ereignis,
Was nicht mehr wird, allein ein Gleichnis,
Das Weibliche, es hat zum Ziele
Die Ewigkeit und das Sterile.

ROSA Gugus! Gugus!

ROSAROSA Da da da da …

Die Unsterblichen fallen in sich zusammen und sterben.

Anhang

Wie ›Die Frist‹ entstand

Am 12. Oktober 1975 wurde ich in ein Spital in Bern eingeliefert: die nur zu gut bekannten Schmerzen, die ich seit sechs Jahren zum ersten Male wieder spürte; Furcht hatte ich keine, wenn auch, zögernd und nur ungleichmäßig, irgendwo eine Totenglocke bimmelte. Meine Frau begleitete mich, sie verzog keine Miene, als mir das gleiche Zimmer zugewiesen wurde, in welchem ihre Mutter gestorben war, ich tat, als ob ich es nicht bemerkte, um meine Frau nicht zu erschrecken, obgleich ich wußte, daß sie es wußte; der Schwester, die plötzlich hereinstürzte, um zu fragen, ob ich nicht ein anderes Zimmer wolle, antwortete ich, dieses sei schon recht. Das EKG war weder besonders in Ordnung noch besonders in Unordnung, mein Arzt – ruhig wie immer – meinte, ich solle jetzt einmal vierzehn Tage bleiben, das tue mir auf alle Fälle gut. Lektüre hatte ich mitgenommen, auch Zeichenpapier und Filzstifte. Meine Frau konnte, beruhigter als sie mich hergebracht hatte, nach Neuchâtel zurückfahren. Allein gelassen, abwägend, ob ich nicht doch ein anderes Zimmer hätte nehmen sollen, begann ich schon in der ersten Nacht zu zeichnen: ›Atlas, das Weltgebäude tragend‹. Zuerst überlegte ich, wie denn das ›Weltgebäude‹ darzustellen sei, ob man das eigentlich mit unserem heutigen Wissen noch könne. Ich hatte zwar schon einmal einen Atlas gezeichnet, auf mehr konventionelle Weise: einen Riesen, der Sonnen und Planeten fallen ließ, nun zeichnete ich Atlasse, unter der Weltkugel keuchend, zerriß sie, weil sie mir nicht gefielen, endlich – nach einer Woche – stellte mich ein Atlas halbwegs zufrieden, einer, der mühsam einherkriecht, auf seinen Schultern das Weltall, das wie ein Wirbel von einem Schwarzen Loch eingesogen wird. Doch während ich ihn zeichnete, hartnäckig, hellwach, verloren in der zeitlosen Nacht des Spitals, der ebenso zeitlose Nächte vorangegangen waren, immer wacher trotz zwei Rohypnol 2 mg und einem Valium 10, wurde mir deutlich, daß ich meinem Zustand mein Zeichnen entgegensetzte, und während ich weiterzeichnete, überlegte ich mir, ob Atlas nicht die Welt nur trüge, weil er sich einbildete, sie tragen zu müssen, und ob nicht auch ich mir einbildete, es sei notwendig, in diesem Krankenbett zu liegen. Noch in dieser Nacht rief ich meinen Arzt und meine Frau an, ich wolle heim, und am nächsten Mittag war ich zu Hause. Aber am 29. November, neun Tage nach dem Tode Francos, dessen Sterben durch dreißig Ärzte, wie es hieß, ins Unmenschliche verlängert worden war, als ob es nicht stattfinden dürfe, war ich wieder im Spitalbett, diesmal in einem anderen Zimmer, in jenem, das ich vor sechs Jahren sechs Wochen lang bewohnt hatte; mit Fischers *Weltgeschichte* und Proust beschäftigt und mit Besuchern, die es mir nachträglich nie verziehen, daß ich noch einmal davongekommen war. Das EKG war zwar besser, aber der Arzt forderte kategorisch, ich solle wieder ein Mittel nehmen, das ich nun immerhin sieben Jahre nicht mehr hatte nehmen müssen. Ich weigerte mich, ich wollte den Rückschritt nicht wahrhaben, aber aus der Müdigkeit, die mich besiegt hatte, und aus dem Ärger über diese Müdigkeit, hatte ich es unterlassen, Filzstifte und Zeichenpapier mitzubringen; es war mir unproduktiv zumute, als Lektüre hatte ich – mehr, um wenigstens schlafen zu können – einige philosophische und wissenschaftliche Werke mitgebracht, unter anderem Tietzes *Mathematische Probleme*, aber schachmatt gesetzt, mit dem Arzt zerstritten, der nicht aus der Ruhe zu bringen war, begann ich, mich nun gegen ihn, der gewußt hatte, daß ich zurückkommen würde, und gegen die Schwestern, die das auch gewußt hatten, aber auch gegen meinen Spitalaufenthalt, an dessen Sinn ich immer noch nicht glaubte, auf andere Art zur Wehr zu setzen als das erste Mal: Ich beschloß, auf eigene Faust meinen im Sommer weit günstigeren gesundheitlichen Zustand wieder herzustellen: mit einer 500-Kalorien-Diät und mit ungestümen Spaziergängen. Ich verließ kurzentschlossen um halb zwölf, nach dem spärlichen Mittagessen, das Spital und raste durch die Stadt, und das jeden Tag, ahnungslos, daß ich mich damit auf ein Abenteuer einließ, welches ich hätte voraussehen sollen, war ich doch nach meinem dreizehnten Jahr in Bern aufgewachsen und glaubte, eine Stadt zu kennen, die ich nun nicht wiedererkannte, so fremd erschien sie mir. Bern war immer eine Stadt gewesen, welche die Menschen gleichsam verschluckt hatte; vom Turm des Münsters, hatte man ihn erstiegen, sah die Stadt menschenleer aus, die Menschen bewegten sich in den Lauben und gingen wie durch lange geschwungene Korridore. Nun hatte das Kellerhafte, Unterirdische, Durchlöcherte zugenommen. Zwar hatten sich ringsum Satellitenstädte angesiedelt, Hochhäuser um Hochhäuser, Einkaufszentren, auch dort, wo wir einst gewohnt hatten, wo doch einst mit wenigen Schritten das Land zu erreichen gewesen war, Äcker, Felder, in der Ferne Tannenwälder, noch ferner die Berge, war nun alles verbaut, verbetoniert, ich verlor die Orientierung, eine Autobahn durchschnitt die neu errichtete babylonische Vorstadt. Doch noch gespenstischer hatte sich die Altstadt verwandelt: Sie war zwar luxuriöser, aber gerade darum unheimlicher geworden. Ich eilte jedesmal zuerst zur Universität, war ich doch, indem ich sie verlassen hatte, Schriftsteller geworden. Der Platz vor ihr war nun eine weite Fläche gepflegten Rasens, zu meiner Zeit einige alte Bäume, eine kleine Terrasse und dann gleich der Absturz zum rostigen Gewirr des Bahnhofs. Nun fuhr man mit einem Lift in ihn hinab, er war eine unterirdische Anlage geworden, angefüllt mit hastenden schemenhaften Menschen, die teils zu den Zügen hinaufeilten, teils an den Kiosken standen oder vor den Cafés und Snackbars saßen, überall Läden, Rolltreppen, in die Höhe führend, aber nicht ins Freie, sondern zu weiteren Läden und Restaurants und zu weiteren Rolltreppen, man ging nicht mehr, man wurde transportiert, irgendwohin, als sei man die Speise eines außerirdischen Monstrums. Es schien, als ob man diese Unterwelt gar nicht zu verlassen brauchte, ja gar nicht verlassen könnte, und ich erinnerte mich unwillkürlich an das Berner Inselspital, das ich ein Jahr davor besucht hatte, das, wohin man sich im Quartier auch verlief, irgendwo am Horizont aufragte wie ein stumpfsinniges Gebirge; auch dort das Labyrinthische, aber alles in die Höhe gebaut, ins Glas hinein. Auch dort diese Unübersichtlichkeit, Korridore um Korridore, sich repetierend, von einem rätselhaften Durchzug wie von einem Sturmwind durchbraust. Auch dort Spuren, daß noch immer weiter gebaut wurde (bis wann eigentlich?), plötzlich Schuppenhaftes, Latten, Holzpfähle, alles wie ein irr gebauter Turm, in dessen Gängen Ärzte und Krankenschwestern herumirrten, Kranke herumgeschoben wurden, Besucher vorbeihasteten, einige offenbar schon tagelang, monatelang, ohne Aussicht, je einen Ausgang zu finden, und wo irgendwo in vergessenen Krankenzimmern, die niemand mehr fand, Kranke vermoderten, wie ich es mir damals vorstellte; auch hier nun, wieder in der Unterwelt dieses Bahnhofs, konnte man sich Reisende denken, die seit Tagen von einem Perron zum anderen eilten, Koffer schleppten, aber immer war der Zug schon abgefahren, es war ohnehin der falsche gewesen, oder die Reisenden waren angekommen und fanden nun den Ausgang nicht, bald standen sie unverhofft unter dem Bahnhof in einem noch untereren Bahnhof, bald starrten sie verwirrt von einer Terrasse auf die Stadt hinunter und hinein in dieses Gassengeäder, oder auf die Heiliggeistkirche, die entgeisteter, verlegener, zerstreuter als je zuvor wirkte, wie ein längst vergessener Gegenstand, oder sie glotzten auf die lange niedere Fassade des Bürgerspitals, das feudale Altersheim der reichsten Bürgergemeinde der Schweiz. Doch tauchte ich dann endlich aus dem Bahnhof, gelangte ich nicht ins Freie: Ich tauchte gleich in die Stadt hinein und hinab, die Lauben umfingen mich, erleuchteter denn je, auch tagsüber, ein Schaufenster am anderen, Lauben untereinander mit Passagen verbunden, die ich nicht kannte, die zu anderen Lauben führten oder in jene zurück, von denen sie ausgingen, überall Kioske, Restaurants, Geschäfte mit Namen, an die man sich zwar erinnerte, aber sie waren einmal anderswo gewesen, in Gebäuden der Gründerjahre, die nun als zu unrentabel, zu weiträumig für die horrenden Bodenpreise, abgebrochen worden waren, während es andere Geschäfte nicht mehr gab, die einst ein Begriff gewesen waren, der ganzen Stadt bekannt. Ich flüchtete mich aus dem Dschungel der Gassen und Gäßchen, Passagen und Plätze, die auf einmal wie Kahlschläge wirkten, ins Bekannte, in die untere Altstadt, auch sie luxuriöser, voller Galerien, voller Kellertheater. Man spürte, daß hier nur jene wohnten, die es sich leisten konnten, alte Wohnungen auszubauen, aber unter sich in den Kellern ein Künstlervölklein duldeten, wie einst die Bürger die Ratten toleriert hatten, die das unterirdische Labyrinth der Keller beherrschten. Ich besuchte die Museen, auch sie waren verändert, das Kunstmuseum auf moderne Kunst umfunktioniert, nur der Hodlersaal der gleiche: monumentale Allegorien, muskelstrotzende Schweizer, eurythmische Weiber, mit denen ich nie etwas hatte anfangen können; das Böcklinhaus, das ich so geliebt hatte – die ›Meeresstille‹ – war verschwunden, auch ein Marc, eine dahinstürmende gelbe Kuh darstellend, mit einem kornblumenblauen Fleck, der mich einst fasziniert hatte, blieb unauffindbar (oder existierte dieses Bild nur in meiner Phantasie?), dafür Klee, Braque, Juan Gris, bei denen man die Zeit vergaß, um fast schmerzhaft in sie wieder aufzutauchen; vor dem Historischen Museum sprach mich ein älterer Herr an, duzte mich, ob ich historische Studien treiben wolle, meinte er spöttisch, benützte einen Nebeneingang, er müsse zu einer Sitzung; keine Ahnung, wer mich da gegrüßt hatte, war ich mit ihm auf dem Gymnasium gewesen, auf welchem? auf der Universität? Die Sammlung Mittelasien war geschlossen, ich hatte mich darauf gefreut, die Panzerreiter zu sehen, die ich einst lange angestarrt hatte – oder war es nur einer gewesen? Lange verweilte ich beim Modell des alten Bern. Müde lief ich dann jeden Tag über die Kirchenfeldbrücke in die Altstadt zurück, halb drei, drei, halb vier, setzte mich in irgendein Kino, gleichgültig, ob der Film angefangen hatte oder nicht, etwas anderes gab es nicht, sich auszuruhen. Die Pinten waren mir verboten, die vorgeschriebenen Kalorien ließen es nicht zu, und ich hasse Bänke, hasse Aussichten. Auch die Kinos hatten sich vermehrt, zu meiner Zeit gab es nur sieben. Ein amerikanischer Kriminalfilm faszinierte mich, New York als gigantisches Bern, in Schmutz erstarrt, von Verbrechen verkrustet; sonst überall Sex- oder Karatefilme, die Karatefilme interessierten mich nicht, und einen Sexfilm hatte ich noch nie gesehen, nicht aus Prüderie, sondern weil ich den Film an sich nicht entdeckt hatte; auch wenn ich mich sterblich langweile, fällt es mir nicht ein, ins Kino zu gehen; die Sendung ›Kintop‹ im Fernsehen ist für mich Filmchinesisch, ein Hinweisen auf Filme, die ich nie gesehen habe und nie sehen werde; und so ging ich denn gegen das Ende meiner Spitalzeit unvoreingenommen in den Edelporno ›L'Histoire d'O‹. Zugegeben, ich schämte mich etwas hineinzugehen, ich kreiste um das Kino, schaute mir vorher ein Kino um das andere an, obgleich der Entschluß schon gefaßt war hineinzugehen, und so ging ich denn auch hinein. Der Film hatte schon begonnen, auf der Leinwand trieb man es schon gewaltig, das Kino war fast leer, in den Logen junge Leute, die sich johlend amüsierten, um mich herum, in höflich eingehaltenen Abständen, Weißköpfe, Professoren und Pfarrherren, oder professoral und pfarrherrlich wirkende, ältere bebrillte Männer, schwer zu entscheiden, was da Schein und was da Sein war, irgendwie verschämt, ein betont intellektuelles Klima verbreitend; mit einem leichten Entsetzen bemerkte ich, daß ich einer von ihnen war, ebenfalls weißköpfig, bebrillt. Was sich vor uns abspielte, war eine raffiniert modisch fotografierte Erotik für Impotente, für Voyeure; die Frauen ließen sich für einen mysteriösen Sir Stephen auf jegliche Art mißbrauchen, warum wurde nie klar, besonders unbegreiflich, als dieser Sir auftauchte, ein ältlicher Bonvivant einer Wanderbühne, alles war übertüncht von einem schleimigen pseudo-philosophischen Esprit, dabei ging es durchaus schicklich zu, das war das Unanständige, nur die Frauen waren nackt, nie ließ ein Mann die Hose runter, man kopulierte stilisiert, nur ausgepeitscht wurde realistisch. Zugegeben, eine Nebensächlichkeit und doch Indiz einer Zeit, in die ich mich verirrt, die sich nicht plötzlich, sondern allmählich verändert hatte, so allmählich, daß mir die Veränderung erst bewußt wurde, weil ich mit der Vergangenheit konfrontiert worden war; in Neuchâtel, Genf oder Zürich wäre es mir nicht bewußt geworden. Wir hatten als Gymnasiasten unsere doch so harmlosen Pariser Magazine noch unter dem Ladentisch bestimmter Antiquariate gekauft; was jetzt öffentlich an jeder Straßenecke zu sehen war, hätte damals unsere pubertäre Phantasie bei weitem übertroffen: jetzt löste, was damals verboten war, bei den anwesenden Gymnasiasten, oder wer sonst das junge Volk in den Logen war, nur noch unbändiges Gelächter aus. Dann aber, wenn ich von meinen Exkursionen und nach meinen Kinobesuchen ins Spital zurückkehrte – das Abendessen war gegen fünf, ich mußte mich jedesmal beeilen –, begann ich, was ich unter keinen Umständen hatte tun wollen: zu schreiben, als meine zweite, noch trotzigere Abwehr gegen den Arzt, gegen das Spital, gegen meine Lage, ungeachtet, daß sich die Diagnose immer wieder bestätigte, das Testpapier, wenn ich zurückkehrte, so grün wie immer blieb, stur, trotz meiner Diät, trotz meines Marschierens, gegen jede Wahrscheinlichkeit. ›Die Frist‹, das Theaterstück als Stoff, überfiel mich gewaltsam, vielleicht als Protest gegen das ständige Versagen meines Körpers. Schon am ersten Tag im Spital begann ich dem Arzt den Stoff zu erzählen. Was mich faszinierte, war die Assoziation zwischen gewissen Aspekten der modernen Medizin und einem Konzentrationslager: die Folterungen, denen der Mensch unterzogen wird, um ihn so spät wie möglich sterben zu lassen, schienen mir auf eine diabolische Weise identisch mit den Methoden gewisser KZ-Ärzte, die mit Menschen Tests unternommen hatten, welche die Grenze seines Sterben-Könnens erforschten. Meine erste Idee, die ich mit meinem Arzt diskutierte, war die, Franco (umgesetzt in irgendeinen Diktator) von einem Opfer eines Konzentrationslagers behandeln zu lassen, der sich so durch die moderne Medizin am Diktator rächt, mit den gleichen Mitteln also, die er einst hatte über sich ergehen lassen müssen. Doch schon während des zweiten stürmischen Gangs durch die Stadt änderte sich die Konstellation. Indem sich mir im Geiste die Bühne, der Schauplatz des Geschehens, als ein riesenhafter Thronsaal aufbaute, mit finsteren Deckengemälden: Kronos Uranus entmannend, Kronos seine Kinder fressend usw., mit Gängen, nie ins Freie führend, mit unwirklichen Perspektiven (gleichsam als Konzentrat der Stadt, die ich durcheilte), komponierte ich die Handlung um: der Arzt (Arkanoff im Stück) durfte sich nicht rächen, er mußte unfreiwillig das gleiche tun, was er einst freiwillig getan hatte, und aus dem Opfer wurde Goldbaum, der Jude, der einst Opfer war und seine Peiniger vergessen hatte. Ein kompositorischer Prozeß, von Eindrücken bestimmt, und gerade darum schwer zu erklären: die Phantasie arbeitet vulkanisch, sie stößt ihre toten Wolken nacheinander, nicht miteinander in die Nacht, wo sie sich erst nachträglich zu einer Gestalt vereinigen, zugegeben, aber dann wieder ist die Phantasie vorbestimmt, man erlebt nachträglich, was in der Einbildungskraft schon vorhanden ist; der sterbende Franco und der einsam kämpfende Sacharow waren Eindrücke, die mir die Gegenwart zuspielte, sie verwandelten sich zu etwas Gegensätzlichem, zum Handelnden und zum Denkenden, zu Atlas, der die Welt trug, und zu Prometheus, der sie kritisierte. Wie mir dies aufging, an Marktständen vorbeigehend, irgendwo in der Nähe des Bundeshauses beinahe mit einem Nationalrat zusammenprallend, von dem mir erst nachträglich bewußt wurde, daß er ein Bekannter war, ja ein Verwandter, den ich hätte grüßen sollen, begriff ich plötzlich, weshalb ich im Oktober nicht geschrieben, sondern den Atlas gezeichnet hatte: von ihm hing das Schicksal der Welt ab, und so schälte ich aus dem ersten Motiv, Atlas zusammengebrochen, nur noch dahinkriechend, das Bild des sterbenden Diktators heraus: irgendwo in einem Riesenpalast liegend, ein krepierender Atlas, der seine Welt nicht mehr zu tragen vermochte. Er hatte sie nach alter Weise getragen, Menschen zerstampfend, durch Blut watend, und nun schickt sich ein neuer Atlas an, die Welt auf seine Schultern zu nehmen. Aber die Welt, die der neue Atlas tragen will, soll eine andere werden: er unternimmt es, die alte Welt zu liquidieren (darum, ins Moderne übersetzt, muß die Welt des Generalissimus eine faschistische sein, nicht aus Gegenwartsbezügen heraus, sondern weil jeder Faschismus eine tote Ideologie ist, rückwärts gewandt, an einstige politische Größen appellierend, ans Reich, ans Römische Imperium, ans spanische oder arabische ›Weltreich‹, an eine idealisierte Schweiz der Vergangenheit, die es nie gab usw., während der Kommunismus ursprünglich eine humane Vision ist, im Gegensatz zu dem, was wir heute Marxismus nennen, der, erstarrt, institutionalisiert, dogmatisiert, in Sekten zerfallen, einem ähnlichen Schicksal entgegenfällt, dem das kirchliche Christentum entgegenfiel, als es ein Machtfaktor wurde. Die großen marxistischen Kirchenkämpfe brauen sich zusammen). Der neue Atlas braucht, um die Welt tragen zu können, neue Helfer. Die alten, auf die sich der sterbende Atlas stützte, die Partei, die Monarchie, die Armee, der Geheimdienst usw., muß Exzellenz zerschlagen. Er ist ein Intellektueller, ein Rechenkünstler mit einer Leidenschaft für Primzahlen, die ihn eigentlich mehr beschäftigen als alles andere – als ein Sinnbild einer absolut logisch aufgebauten Welt, die doch voller unlösbarer Probleme ist (Tietze), doch gerade dieses ›alles andere‹ beherrscht er virtuos, spielt eine Partei gegen die andere aus, aber er nimmt trotz seiner Überlegenheit eine schwache Stellung im Schachspiel ein, das er zu dominieren glaubt: er muß, um der neue Atlas zu werden, der erste Helfer des alten Atlas gewesen sein. Gewiß, sein Leben weist tragische Züge auf, seit er in den höllischen Dienst trat. Mit knappen Worten weist er darauf hin, aber er selber ist unglaubwürdig geworden durch seine Vergangenheit, die er überwinden will und die nur er überwinden kann, ja, um deren Überwindung willen er sich korrumpieren ließ: diese seine Unglaubwürdigkeit bringt ihn zu Fall. Nebensächlich, wer der Bauer Toto ist, nebensächlich, wer ihn schickt, er mag ein verkleideter Killer sein, ein Scherge der Opposition, vom Sekretär John engagiert oder gar vom längst toten Möller: so oder so, die Vergangenheit schickt ihn, als ein Gespenst. Aber noch eines ist diesem modernen ›intellektuellen‹ Atlas unbegreiflich, das Wichtigste: das Nichthandeln des Prometheus, seines Bruders. Zugegeben, daß Prometheus ein Nichthandelnder sei, verwirrt – er ist der Inbegriff des Rebellen, des Handelnden –, aber wie Sacharow die Wasserstoffbombe für die Russen schuf, und damit das Gleichgewicht der Kräfte wieder herstellte, das die heutige Weltordnung gerade noch möglich macht, beinahe noch, geradeso diente Prometheus vorerst den Göttern, die doch seine Brüder, die Titanen, unter ihnen Atlas, besiegt hatten; unbeachtet tafelte er an den olympischen Tischen oder saß am Fuße des Götterberges, seltsame Geschöpfe, kleine Abbilder von Zeus, Apollon oder vom dicken Silen formend, die er Menschen nannte. Wer nahm den Spinner Prometheus und seine Lehmpuppen auch ernst; nur so aus Spaß blies Athene ihnen Leben ein, weil der stets vor sich hin denkende Trottel immerzu darum bat; sie wollte ihre Ruhe haben. Doch als er diesen lächerlichen Menschen das Feuer vom Himmel holte, sie denken lehrte, sie in Künsten unterwies, als erster, wenn auch mythischer Systemkritiker, ging Zeus, diesem Überfranco oder Überbreschnew, endlich ein Licht auf. Prometheus hatte mit dem Menschen den Feind der Götter geschaffen. Sie zu vernichten, war zu spät. Allzu gewaltig war ihr Vermehrungstrieb. Aber Prometheus mußte es büßen, das Göttersystem untergraben zu haben: Prometheus an den Kaukasus geschmiedet, von den Adlern dessen immer wieder zerfleischt, gegen den er sich empört hatte – Goldbaum, der unglaubliche Jude, im Konzentrationslager unter dem Skalpell Arkanoffs und unter der unmenschlichen Anordnung Möllers, sind eins. Daß Prometheus allmählich die Adler und die

Schmerzen vergißt, indem er sich nur noch mit sich und mit einer Welt beschäftigt, die der Willkür der Götter unterworfen ist, so wie Goldbaum sich nicht mehr an seine beiden Peiniger Arkanoff und Möller erinnert, weil er nur noch an die Rechte denkt, die eigentlich dem Menschen zukämen, das ist freilich meine Variante des uralten Stoffs. Nachträglich zeichnete ich Prometheus und Goldbaum als Mazdak, der – nach den Urchristen – einer der ersten Führer einer religiösen kommunistischen Sekte war, mit deren Hilfe ein persischer Großkönig im 6. Jahrhundert unserer Zeitrechnung seine Herrschaft errichtete, und das nur, um dann Mazdak und seine Sekte zu vernichten: Chosroes I. ließ ihn und die Seinen Kopf voran in die Erde pflanzen wie Bäume, 3000 Mann, wie berichtet wird. Vergeblich. Die Idee war in die Erde gesät, und so geht es jeder großen Idee. Denken wirkt auf die Zukunft fortdauernder als Handeln, doch was aus dem Denken wird, wie die Ernte ausfällt, ist nicht auszumachen. Schon Goldbaum der Handelnde wird ein anderer sein müssen als Goldbaum der Denkende, der Kritiker eines unmenschlichen Systems, wie Prometheus der Handelnde ein anderer war als Prometheus der Denkende, und wieder ein anderer als Prometheus der Leidende. Prometheus wird als Atlas, der er in meiner Komödie sein muß, in die Hände derer fallen, von denen seine Macht abhängt, auf die er sich stützen und verlassen muß, ob er will oder nicht, denn jede Macht ist eine Fiktion, die nämlich, sie lasse sich handhaben; in Wirklichkeit handhabt sie die Mächtigen; und wie Prometheus geht es nun Goldbaum: auch er wird ein Atlas werden wie Exzellenz. Prometheus ist nicht nur der Bruder des Atlas, er ist auch eins mit ihm. Darum erscheint denn auch Mazdak, in die Erde gepflanzt, als ein umgekehrter Atlas, der die Erde trägt. Doch wozu dieser Hinweis auf mythische Gestalten, was gehen uns Atlas und Prometheus an? So wie ich auf meinen Spaziergängen der Stadt meiner Jugend begegnete, begegne ich in all meinem Schreiben auch wieder den Gestalten, die sich mir als erste literarische Eindrücke einprägten: noch weiter in der Zeit zurückliegend, als ich noch im Dorfe lebte, woher ich komme, las ich als Zehnjähriger Gustav Schwabs *Heldensagen* nicht als Literatur, sondern als Wirklichkeit, und so blieben sie als Teil meiner Jugend wirklich. Alles ist Erinnerung, vom Gegenwärtigen heraufbeschworen, auch das Nebensächlichste, auch der fromme Bauer in seinem blauen Kittel: er verstand nur mit Flüchen zu reden, zu befehlen, zu erzählen (und wohl auch zu beten) und imponierte mir gerade darum so besonders (und vielleicht auch dem Lieben Gott) – aus ihm wurde der Kardinal. Das Gegenwärtige, vom Heraufbeschworenen durchdrungen, entlädt sich in Visionen, und so kam es denn auch zuletzt zur Vision, mit der das Stück schließt: zum Chor der ›Unsterblichen‹. Sicher spielte der lächerliche, modische Pornofilm, den ich sah, nicht unverwundert, hundemüde vom Herumrennen, eine Rolle. Indem er mir, wie in einem infantilen Wunschtraum, die Frau als glückliches Opfer der männlichen Sexualität vor Augen führte, annektierte ich sie für den Stoff, der mich beschäftigte, der ja schon in mir eingenistet war und hungrig nach Eindrücken spähte, dies nur, um wachsen zu können: Er verwandelte die Frau zum politischen Opfer der Männerwelt, so wie sie auch in den griechischen Mythen erscheint: als Opfer oder als rächendes Ungeheuer, als Iphigenie oder als Klytämnestra, die als sich rächendes Opfer von den Erinnyen gerächt wird usw., ist doch die Frau mit dem Fluche belastet, die Welt, die sie unterdrückt, deren Opfer sie ist, immer wieder hervorzubringen, ist doch alles, was sich hienieden niedermetzelt, einmal geboren worden. Später, längst wieder aus dem Spital entlassen, zeichnete ich eine dieser Unsterblichen als ›Aussätzige Ophelia, schwanger‹. Ihr Bauch birgt nun die Weltkugel, die Atlas einst trug. Schreiben ist ein Herstellen von Verbindungen, auf die man zufällig, und darum notwendig kommt, möglich, weil alles, das Vergangene und das Gegenwärtige, das einst und jetzt Gedachte und das einst und jetzt Geformte, zusammenhängt. Schreiben, aber auch Zeichnen ist ein Eintauchen in die Träume und Visionen, die immer die Menschen begleiten, seit jeher, weil die Menschen sie seit jeher und immer noch hervorbringen, und weil nun einmal die wirklichen Menschen und jene, die nur erdacht wurden, eines gemeinsam haben: den Tod, und endlich, weil der Tod eines Menschen auch der Tod aller Menschen ist – was doch den Menschen, der heute wie eh und je nichts zählt, so kostbar machen sollte –, gerade darum ist jede Kunst apokalyptisch: Sie setzt dem Menschen ein endgültiges Denkmal, das nur ein Grabmal sein kann: so wie einmal unsere Erde.

Mein verehrtes Publikum, verzeihen Sie mir dieses ungewöhnliche Programmheft, es liefert keine Anleitung zum Stück, und es ist mit Absicht in einer Weise verfaßt, daß Sie es erst nachträglich zu lesen vermögen und auch sollen, und vielleicht auch erst nachträglich verstehen. Mit der *Frist* nehme ich Abschied vom alten Schauspielhaus, zu dem ich auch ein wenig gezählt habe, wenigstens bemühte ich mich, darin eine gewisse Rolle zu spielen. Mit Absicht betrete ich nicht mehr die Bühne, nehme ich nicht mehr teil an der Premiere. Der Abschied vor drei Jahren – bei der Premiere der *Emilia Galotti* – war zu schön, zu richtig: ausgepfiffen begann ich am Schauspielhaus, ausgebuht – auch in Zürich wurde man inzwischen modern – nahm ich von ihm Abschied. Die Heiterkeit, die mich damals erfaßte, möchte ich mir als ein Abschiedsgeschenk bewahren, fürchte ich doch nichts so sehr wie respektvolle Abgänge: Dazu bin ich immer noch ein allzu eingefleischter Komödiant.

Geschrieben in einer Nacht 1977 für das Programmheft der Uraufführung im Kino Corso, der Ausweichbühne des Zürcher Schauspielhauses. Die erwähnten (im Programmheft abgedruckten) Bilder finden sich in: Friedrich Dürrenmatt, *Bilder und Zeichnungen*, Diogenes Verlag, Zürich 1978.

Zur ›Frist‹ als Lesebuch-Text

Für dieses Lesebuch* wählte der Autor nicht ein erfolgreiches, sondern ein durchgefallenes Stück aus, in der Meinung, es verrate mehr über ihn als ein erfolgreiches. Das Entdeckte bietet weniger Reiz als das Unentdeckte, es ist weit interessanter herauszufinden, warum ein Stück durchfiel, als zu begreifen, warum ein Stück Erfolg hatte. Doch darf sich der Leser die Aufgabe wiederum nicht zu leicht machen, der Autor ist nicht etwa so naiv, zu glauben, ein Staat wäre zu stürzen durch den Nachweis, seine Helfershelfer seien ehemalige Nazis gewesen, wie es der Autor in diesem Stück vorgibt. Zu überlegen ist vielmehr, was den Autor zu seinem dramatischen Arbeiten antreibe, die Vision oder das Problem. Die Aufgabe eines Lesebuchs ist das Lesen-Lernen, die Aufgabe, die der Autor den Lesern mit diesem Stück stellt, ist die, ein Stück zu lesen, eine Unterweisung in der Grundlage der Dramaturgie: Darum beginne ich denn auch mit einer leichten Aufgabe: Es ist leichter, ein Stück schlecht zu finden als gut, doch ist es wiederum schwerer, gut zu verurteilen als schlecht, besonders weil meistens die schlechten Urteile für die guten gehalten werden. Doch will ich den Leser nicht etwa einschüchtern. Wer sich einbildet, er schreibe vollkommene Stücke, ist wie eine Mutter, die glaubt, sie gebäre vollkommene Kinder. Stücke haben ihre Fehler und Tugenden, diese zu entdecken ist das Abenteuer: Daß es Narren gibt, die Stücke an sich lieben, ist wiederum eine andere Sache, gibt es doch auch Narren, wie etwa den Autor, der die Menschen an sich liebt, wie sogar die ›Unsterblichen‹, ja der gar nicht im Stande ist, Menschen zu schreiben, die er nicht liebt. Aber vielleicht hilft gerade dieser Hinweis dem Leser bei der Kunst, das Stück zu lesen, etwas weiter.

* Der Text wurde 1978 geschrieben für das *Friedrich Dürrenmatt Lesebuch*, Verlag der Arche, Zürich 1978.

Nachweis

Die Sekundärliteratur wie auch Dürrenmatt selbst übermitteln oft widersprüchliche Angaben zu den einzelnen Texten; der nachfolgende Nachweis zur Publikations- und Aufführungsgeschichte sowie zur Textgrundlage stützt sich auf die Dokumente aus Dürrenmatts Nachlaß und Archiv im Schweizerischen Literaturarchiv in Bern.

Die Frist, im Dezember 1975 anläßlich eines Krankenhausaufenthaltes in Bern begonnen und unter wechselnden Arbeitstiteln (zuerst *Exitus*, dann *Höllenfahrt – Untergang eines Regimes*, danach, Juni 1976, *Die Frist. Komödie eines Untergangs* und *Die Frist. Komödie*) in Neuchâtel geschrieben, entsteht unter dem Eindruck des Todes von General Franco im November 1975, geht aber teilweise zurück auf einen Prosastoff der sechziger Jahre, *Transplantationen.* Das Stück wird am 6. Oktober 1977 im Kino Corso, der Ausweichbühne des Zürcher Schauspielhauses, uraufgeführt. Regie führte Kazimierz Dejmek, die Hauptrollen spielten Werner Kreindl (Exzellenz), Gert Westphal (Möller), Margrit Ensinger (Herzogin), Klaus Knuth (Herzog), Heinrich Trimbur (Goldbaum), Wolfgang Schwarz (Arkanoff), Dagmar Loubier (Rosa), Grete Heger (Rosaflora), Rosel Schäfer (Rosagrande), Hans Gerd Kübel (Nostromanni), Fred Tanner (Bauer Toto). Wenige Tage später, am 19. Oktober 1977, findet am Basler Theater die Premiere von Hans Neuenfels' Neuinszenierung statt. Obwohl in ihrer Konzeption sehr verschieden, werden beide Inszenierungen von Publikum und Kritik vorwiegend abgelehnt. 1978 wird *Die Frist* in Łodz (Polen) erstaufgeführt, 1979 in der DDR (Rostock, Volkstheater, 8. Februar 1979, Regie Hanns Anselm Perten, die Inszenierung wird vom DDR-Fernsehen aufgezeichnet und am 13. Oktober 1979 ausgestrahlt). Der ersten Druckfassung, die schon vor der Uraufführung vorliegt (Verlag der Arche, Zürich 1977, u. d. T. *Die Frist. Eine Komödie*), läßt der Autor im Folgejahr im *Friedrich Dürrenmatt Lesebuch* (Verlag der Arche, Zürich 1978) eine stilistisch und szenisch überarbeitete zweite Fassung folgen, die für die Werkausgabe 1980 noch einmal zur ›Neufassung 1980‹ überarbeitet wird.

Der Text *Wie ›Die Frist‹ entstand* wird für die Werkausgabe 1980 in redigierter Form dem Sonderdruck zum Programmheft der Uraufführung entnommen. Eine gekürzte und leicht veränderte Version findet sich auch am Schluß von *Der Winterkrieg in Tibet* (*Labyrinth. Stoffe I–III*, Band 28 der Werkausgabe in 37 Bänden 1998, S. 161–167).

Friedrich Dürrenmatt im Diogenes Verlag

Werkausgabe in 37 Bänden mit einem Registerband

Jeder Band enthält einen Nachweis zur Publikations- und gegebenenfalls Aufführungsgeschichte sowie zur Textgrundlage

● Das dramatische Werk

Das dramatische Werk in 18 Bänden in Kassette
Alle Bände auch als Einzelausgaben lieferbar:

Es steht geschrieben / Der Blinde
Frühe Stücke

Romulus der Große
Eine ungeschichtliche historische Komödie in vier Akten. Neufassung 1980

Die Ehe des Herrn Mississippi
Eine Komödie in zwei Teilen (Neufassung 1980) und ein Drehbuch

Ein Engel kommt nach Babylon
Eine fragmentarische Komödie in drei Akten. Neufassung 1980

Der Besuch der alten Dame
Eine tragische Komödie. Neufassung 1980
Auch als Hörspiel mit Lina Carstens, Kurt Horwitz, Peter Lühr und vielen anderen erschienen (Diogenes Hörbuch)

Frank der Fünfte
Komödie einer Privatbank. Neufassung 1980

Die Physiker
Eine Komödie in zwei Akten. Neufassung 1980
Auch als Hörspiel mit Amido Hoffmann, Tilli Breidenbach, Hans-Christian Blech, Hanns Ernst Jäger, Bruno Hübner und vielen anderen erschienen (Diogenes Hörbuch)

Herkules und der Stall des Augias / Der Prozeß um des Esels Schatten
Griechische Stücke. Neufassung 1980

Der Meteor / Dichterdämmerung
Zwei Nobelpreisträgerstücke. Neufassungen 1978 und 1980

Die Wiedertäufer
Eine Komödie in zwei Teilen. Urfassung

König Johann / Titus Andronicus
Shakespeare-Umarbeitungen

Play Strindberg / Porträt eines Planeten
Übungsstücke für Schauspieler

Urfaust / Woyzeck
Zwei Bearbeitungen

Der Mitmacher
Ein Komplex. Text der Komödie (Neufassung 1980), Dramaturgie, Erfahrungen, Berichte, Erzählungen. Mit Personen- und Werkregister

Die Frist
Eine Komödie. Neufassung 1980

Die Panne
Ein Hörspiel und eine Komödie

Nächtliches Gespräch mit einem verachteten Menschen / Stranitzky und der Nationalheld / Das Unternehmen der Wega
Hörspiele und Kabarett

Achterloo
Achterloo I / Rollenspiele (Charlotte Kerr: ›Protokoll einer fiktiven Inszenierung‹; Friedrich Dürrenmatt: ›Achterloo III‹) / Achterloo IV / Abschied vom Theater
Mit Personen- und Werkregister

● Das Prosawerk

Das Prosawerk in 19 Bänden in Kassette
Alle Bände auch als Einzelausgaben lieferbar:

Aus den Papieren eines Wärters
Frühe Prosa

Der Richter und sein Henker / Der Verdacht
Die zwei Kriminalromane um Kommissär Bärlach

Der Hund / Der Tunnel / Die Panne
Erzählungen

Grieche sucht Griechin / Mister X macht Ferien / Nachrichten über den Stand des Zeitungswesens in der Steinzeit
Grotesken

Das Versprechen
Requiem auf den Kriminalroman /
Aufenthalt in einer kleinen Stadt
Fragment

Der Sturz / Abu Chanifa und Anan ben David / Smithy / Das Sterben der Pythia
Erzählungen

Justiz
Roman

Durcheinandertal
Roman

Minotaurus / Der Auftrag oder Vom Beobachten des Beobachters der Beobachter / Midas oder Die schwarze Leinwand
Prosa

Labyrinth
Stoffe I–III: ›Der Winterkrieg in Tibet‹ / ›Mondfinsternis‹ / ›Der Rebell‹. Vom Autor revidierte Neuausgabe. Mit Personen- und Werkregister
Auch als Diogenes Hörbuch erschienen, gelesen von Wolfgang Reichmann

Turmbau
Stoffe IV–IX: ›Begegnungen‹ / ›Querfahrt‹ / ›Die Brücke‹ / ›Das Haus‹ / ›Vinter‹ / ›Das Hirn‹. Mit Personen- und Werkregister

Theater
Essays, Gedichte und Reden. Mit Personen- und Werkregister

Kritik
Kritiken und Zeichnungen. Mit Personen- und Werkregister

Literatur und Kunst
Essays, Gedichte und Reden. Mit Personen- und Werkregister

Philosophie und Naturwissenschaft
Essays, Gedichte und Reden. Mit Personen- und Werkregister

Politik
Essays, Gedichte und Reden. Mit Personen- und Werkregister

Zusammenhänge
Essay über Israel. Eine Konzeption /
Nachgedanken
unter anderem über Freiheit, Gleichheit und Brüderlichkeit in Judentum, Christentum, Islam und Marxismus und über zwei alte Mythen. 1980. Mit Personen- und Werkregister

Versuche/
Kants Hoffnung
Essays und Reden. Mit Personen- und Werkregister

Gedankenfuge
Essays. Mit Personen- und Werkregister

Der Pensionierte
Fragment eines Kriminalromans (Text der Fassung letzter Hand)

Registerband zur Werkausgabe Friedrich Dürrenmatt
Chronik zu Leben und Werk. Bibliographie der Primärliteratur. Gesamtinhaltsverzeichnis. Alphabetisches Gesamtwerkregister. Personen- und Werkregister aller 37 Bände

Außerhalb der Werkausgabe lieferbar:

● Gespräche

Gespräche 1961–1990
4 Bände in Kassette. Band 1: Der Klassiker auf der Bühne 1961–1970. Band 2: Die Entdeckung des Erzählens 1971–1980. Band 3: Im Bann der ›Stoffe‹ 1981–1987. Band 4: Dramaturgie des Denkens 1988–1990. Herausgegeben von Heinz Ludwig Arnold. In Zusammenarbeit mit Anna von Planta und Jan Strümpel

● Briefe

Max Frisch/Friedrich Dürrenmatt
Briefwechsel
Mit einem Essay des Herausgebers Peter Rüedi. Mit zwei Faksimiles

● Einzelausgaben

Der Richter und sein Henker
Kriminalroman. Studienausgabe mit zahlreichen Fotos aus dem Film und einem Anhang
Auch als Diogenes eHörbuch erschienen, gelesen von Hans Korte

Der Verdacht
Kriminalroman. Mit einer biographischen Skizze des Autors
Auch als Diogenes Hörbuch erschienen, gelesen von Hans Korte

Die Panne
Eine noch mögliche Geschichte

Grieche sucht Griechin
Eine Prosakomödie

Das Versprechen
Requiem auf den Kriminalroman
Auch als Diogenes Hörbuch erschienen, gelesen von Hans Korte

Der Auftrag
oder Vom Beobachten des Beobachters der Beobachter. Novelle in vierundzwanzig Sätzen
Auch als Diogenes Hörbuch erschienen, gelesen von Charlotte Kerr und Gert Heidenreich

Durcheinandertal
Roman

Der Pensionierte
Fragment eines Kriminalromans (Bibliophile Ausgabe). Text der Fassung letzter Hand. Faksimile des Manuskripts. Faksimile des Typoskripts mit handschriftlichen Änderungen. Mit einem Nachwort von Peter Rüedi und einem editorischen Bericht

Der Pensionierte
Fragment eines Kriminalromans (Text der Fassung letzter Hand). Mit einem möglichen Schluss von Urs Widmer und einem Nachwort von Peter Rüedi

Die Kriminalromane
Der Richter und sein Henker / Der Verdacht / Das Versprechen / Justiz / Der Pensionierte
Auch als Diogenes Hörbuch erschienen: *Drei Kriminalromane* (Der Richter und sein Henker / Der Verdacht / Das Versprechen), gelesen von Hans Korte

Die Stücke
Es steht geschrieben / Der Blinde / Romulus der Große / Die Ehe des Herrn Mississippi / Ein Engel kommt nach Babylon / Der Besuch der alten Dame / Frank der Fünfte / Die Physiker / Herkules und der Stall des Augias / Der Meteor / Porträt eines Planeten / Der Mitmacher / Die Frist / Achterloo IV

Albert Einstein
Ein Vortrag

Das Stoffe-Projekt
Textgenetische Edition in fünf Bänden im Schuber, verbunden mit einer erweiterten Online-Version
Aus dem Nachlass herausgegeben von Ulrich Weber und Rudolf Probst

● Anthologien und Sammelbände

Das Mögliche ist ungeheuer
Ausgewählte Gedichte. Mit einem Nachwort von Peter Rüedi

Das Dürrenmatt Lesebuch
Herausgegeben von Daniel Keel. Mit einem Nachwort von Heinz Ludwig Arnold

Meine Schweiz
Ein Lesebuch. Herausgegeben von Heinz Ludwig Arnold, Anna von Planta und Ulrich Weber. Mit einem Vorwort von Heinz Ludwig Arnold

Der Tunnel
und andere Meistererzählungen. Ausgewählt von Daniel Keel. Mit einem Nachwort von Reinhardt Stumm

● Das zeichnerische Werk

Die Heimat im Plakat
Ein Buch für Schweizer Kinder

Die Mansarde
Die Wandbilder aus der Berner Laubeggstraße. 24 Abbildungen mit Texten von Friedrich Dürrenmatt. Mit einem Essay von Ludmila Vachtova

● Über Dürrenmatt

Über Friedrich Dürrenmatt
Essays, Zeugnisse und Rezensionen. Mit Chronik und Bibliographie. Herausgegeben von Daniel Keel. Verbesserte und erweiterte Ausgabe 1998

Friedrich Dürrenmatt Schriftsteller und Maler
Ein Bilder- und Lesebuch zu den Ausstellungen im Schweizerischen Literaturarchiv Bern und im Kunsthaus Zürich

Heinz Ludwig Arnold
Querfahrt mit Friedrich Dürrenmatt
Aufsätze und Reden

Peter Rüedi
Dürrenmatt oder Die Ahnung vom Ganzen
Biographie

Ulrich Weber
Friedrich Dürrenmatt
Eine Biographie

Dürrenmatt
Sein Leben in Bildern. Herausgegeben von Anna von Planta, Ulrich Weber, Monika Stefanie Boss, Kati Hertzsch, Winfried Stephan, Margaux de Weck

Anton Čechov im Diogenes Verlag

»Wir verdanken Peter Urban einen deutschen Čechov, wie er schöner nicht sein könnte: sprachlich makellos, akribisch annotiert und von einer Vollständigkeit, die weder vom Pléiade- noch vom Oxford-Čechov erreicht wird.«
Manfred Papst / NZZ am Sonntag, Zürich

In hochwertiger Leinenausstattung, übersetzt und herausgegeben von Peter Urban:

Er und sie
Frühe Erzählungen 1880–1885

Ende gut
Frühe Erzählungen 1886–1887

Späte Erzählungen in 2 Bänden

Rothschilds Geige
Erzählungen 1893–1896

Die Dame mit dem Hündchen
Erzählungen 1897–1903

Gesammelte Stücke in 1 Band

Briefe (1877–1904) in 5 Bänden

Čechov-Chronik
Daten zu Leben und Werk
Zusammengestellt von Peter Urban

Wie soll man leben?
Anton Čechov liest Marc Aurel
Herausgegeben, übersetzt und mit einem Vorwort von Peter Urban
Auch als Diogenes Hörbuch erschienen, gelesen von Ulrich Matthes

Anton Čechov – Sein Leben in Bildern
Herausgegeben von Peter Urban. Mit 793 Abbildungen, einem Anhang mit Daten zu Leben und Werk und einem Personenregister

In Taschenbuchausgaben:

Das dramatische Werk in 8 Bänden
Aus dem Russischen übersetzt und herausgegeben von Peter Urban. Zurzeit sind folgende Titel lieferbar:

Der Kirschgarten
Komödie in vier Akten

Der Waldschrat
Komödie in vier Akten

Die Möwe
Komödie in vier Akten

Onkel Vanja
Szenen aus dem Landleben in vier Akten

Ivanov
Komödie und Drama in vier Akten

Drei Schwestern
Drama in vier Akten

Sämtliche Einakter

Das erzählende Werk in 10 Bänden

Deutsch von Gerhard Dick, Wolf Düwel, Ada Knipper, Georg Schwarz, Hertha von Schulz und Michael Pfeiffer. Herausgegeben und mit Anmerkungen von Peter Urban. Zurzeit sind folgende Titel lieferbar:

Ein unbedeutender Mensch
Erzählungen 1883–1885

Gespräch eines Betrunkenen mit einem nüchternen Teufel
Erzählungen 1886

Die Steppe
Erzählungen 1887–1888

Flattergeist
Erzählungen 1888–1892
Daraus die Erzählung *Flattergeist* auch als Diogenes Hörbuch erschienen, gelesen von Ernst Schröder

Rothschilds Geige
Erzählungen 1893–1896

Die Dame mit dem Hündchen
Erzählungen 1897–1903
Daraus die Erzählung *Die Dame mit dem Hündchen* auch als Diogenes E-Hörbuch erschienen, gelesen von Otto Sander

Eine langweilige Geschichte / Das Duell
Kleine Romane I
Das Duell auch als Diogenes Hörbuch erschienen, gelesen von Ulrich Matthes

Krankenzimmer Nr. 6 / Erzählung eines Unbekannten
Kleine Romane II
Erzählung eines Unbekannten auch als Diogenes Hörbuch erschienen, gelesen von Rolf Boysen

Drei Jahre / Mein Leben
Kleine Romane III

Außerdem erschienen:

Das Drama auf der Jagd
Eine wahre Begebenheit. Roman. Deutsch von Peter Urban

Ein unnötiger Sieg
Frühe Novellen und Kleine Romane. Deutsch von Beate Rausch und Peter Urban. Herausgegeben, mit Anmerkungen und einem Nachwort von Peter Urban
Ausgewählte Texte auch als Diogenes Hörbuch erschienen, gelesen von Frank Arnold

Über Theater
Herausgegeben von Jutta Hercher und Peter Urban, in der Übersetzung von Peter Urban

Meistererzählungen
Deutsch von Ada Knipper, Hertha von Schulz und Gerhard Dick. Ausgewählt von Franz Sutter. Mit einem Nachwort von W. Somerset Maugham

Freiheit von Gewalt und Lüge
Gedanken über Aufklärung, Fortschritt, Kunst, Liebe, Müßiggang und Politik. Zusammengestellt von Peter Urban

Das Čechov-Lesebuch
Herausgegeben, kommentiert und mit einem Vorwort von Peter Urban

Kaschtanka
und andere Kindergeschichten. Diogenes Hörbuch, 2 CD, gelesen von Peter Urban, aus dem Russischen von Peter Urban

Veročka
Geschichten von der Liebe. Diogenes Hörbuch, 4 CD, gelesen von Otto Sander, aus dem Russischen von Peter Urban. Diogenes Sammler-Edition

Sławomir Mrożek im Diogenes Verlag

»Mrożek ist ein engagierter Schriftsteller – also hält er die Literatur nicht für eine erhabene Spielerei mit Worten, sondern für ein Mittel, auf die Menschen zu wirken. Er ist Humorist – also meint er es besonders ernst. Er ist Satiriker – also verspottet er die Welt, um sie zu verbessern. Er ist ein Mann des Absurden – also zeigt er das Widersinnige, um die Vernunft zu provozieren.«
Marcel Reich-Ranicki

»Mrożeks Gedanken sind so ungewöhnlich, daß sie jedem verständlich sind.«
Gabriel Laub / Die Welt, Berlin

»Mrożeks politische Parabeln sind von stupender Diagnostik.« *Marianne Kesting / Die Zeit, Hamburg*

Watzlaff und andere Stücke
Aus dem Polnischen von Ludwig Zimmerer und Rolf Fieguth. Inhalt: *Nochmal von vorn, Die Propheten, Watzlaff*

Emigranten und andere Stücke
Deutsch von Christa Vogel. Inhalt: *Emigranten, Schlachthof, Buckel, Das Haus auf der Grenze*

Amor und andere Stücke
Deutsch von Witold Kósny und Christa Vogel. Inhalt: *Insel der Rosen, Fuchsquartett, Der Schneider, Amor, Zu Fuß, Die Rückkehr*

Der Botschafter und andere Stücke
Deutsch von Christa Vogel und M. C. A. Molnar. Inhalt: *Der Botschafter, Ein Sommertag, Alpha, Der Vertrag, Das Portrait, Die Witwen*

Liebe auf der Krim
Eine tragische Komödie in drei Akten. Deutsch von Christa Vogel

Die Geheimnisse des Jenseits und andere Geschichten
Kurze Erzählungen 1986–1990. Deutsch von Christa Vogel

Der Perverse und andere Geschichten
Kurze Erzählungen 1991–1995. Deutsch von Christa Vogel

Mein unbekannter Freund und andere Geschichten
Kurze Erzählungen 1981–1985. Deutsch von Klaus Staemmler

Der Doppelgänger und andere Geschichten
Erzählungen 1960–1970. Deutsch von Christa Vogel und Ludwig Zimmerer

Lolo und andere Geschichten
Erzählungen 1971–1980. Deutsch von Christa Vogel, Ludwig Zimmerer und Witold Kósny

Lauter Sünder / Schöne Aussicht
Zwei Stücke. Deutsch von Christa Vogel

Balthasar
Autobiographie. Deutsch von Marta Kijowska

Karneval
oder Adams erste Frau. Ein Stück. Deutsch von Marta Kijowska

Tagebuch 1962 – 1969
Deutsch von Doreen Daume

Das Leben für Anfänger
Ein zeitloses ABC. Mit Zeichnungen von Chaval. Herausgegeben von Daniel Keel und Daniel Kampa. Mit einem Nachwort von Jan Sidney
Ausgewählte Erzählungen auch als Diogenes Hörbuch erschienen, gelesen von Christian Ulmen

Das Leben für Fortgeschrittene
Ein überflüssiges ABC. Mit Zeichnungen von Chaval. Herausgegeben von Daniel Keel und Daniel Kampa

Außerdem als Taschenbuchausgabe lieferbar:

Emigranten
Schauspiel in einem Akt
Deutsch von Christa Vogel

Tango
Schauspiel in drei Akten
Deutsch von Ludwig Zimmerer

Auf hoher See
Striptease
Zwei Einakter
Deutsch von Ludwig Zimmerer

Patrick Süskind im Diogenes Verlag

»Im Winter 1984 betrat ein Mann die literarische Szene, der seitdem zu den raffiniertesten und verblüffendsten Gestalten dieser an raffinierten und verblüffenden Gestalten nicht armen Epoche gehört.«
Der Spiegel, Hamburg

»Mit seinem Roman *Das Parfum* stürmte Patrick Süskind alle Bestsellerlisten. Und brachte das Erzählen in die deutsche Literatur zurück.«
Tages-Anzeiger, Zürich

Der Kontrabaß

Das Parfum
Die Geschichte eines Mörders
Auch als Diogenes Hörbuch erschienen, gelesen von Hans Korte

Die Taube
Auch als Diogenes Hörbuch erschienen, gelesen von Hans Korte

Die Geschichte von Herrn Sommer
Mit Bildern von Sempé
Auch als Diogenes Hörbuch erschienen, gelesen von Hans Korte

Drei Geschichten
und eine Betrachtung
Daraus die Geschichte *Das Vermächtnis des Maître Mussard* auch als Diogenes Hörbuch erschienen, gelesen von Hans Korte

Über Liebe und Tod

Ein Kampf
Illustriert von Jean-Jacques Sempé